動物詩集

今晩は荒模様　tonight is nasty

聖なる淫者の季節

もうそれ以上おそくやってきてはいけない

卵のふる街

虎の遊戯

目次——白石かずこ詩集成　I

白石かずこ詩集成

I

書肆山田

白石かずこ詩集成　I――付録

ぷくぷくと…／四谷シモン

かずこさん、最初にお会いしたころは、ゴーゴーがはやってましたね。

そんななかでまず思い浮かぶのは、赤坂にあった、スペース・カプセルでの一シーン。かずこさんは、そこで、詩の朗読をしてましたね。ピカピカの宇宙船のようなところでの詩の朗読。たしかあのとき、何かの事情で店内に煙が出て、みんなあわてふためいて外に出ましたが、そのとき、一番最初に外に出たのはかずこさんでした。いっしょに行った友達が、「かずこさんは動物的勘がはたらいて、本能的にとっさに飛び出したんだ」と言ってたことを思い出します。

龍土町にあったジョージもなつかしい場所。細長いカウンターだけの店で、ジュークボックスからはソウル・ミュージックが流れてました。かずこさん、あそこでよく踊ってましたね。ソウル・ミュージック好きでしたよね。

それから、新宿のノアノアでの詩の朗読会もありました。森茉莉さんをはじめ、いろんなお客さんが来てたことを思い出します。

僕がアングラ芝居に出てるころはよく稽古場に来てくれて、「今、あたしはボクシングをならっているの」と言って、みんなにボクサーのようなまねをして見せてくれましたね。

そうだ、新宿といえば、紀伊國屋画廊での僕の展覧会に来てくれて、そこに飾ってあった人形を見るとすぐに、「この人形好き」って言ってくれましたね。僕は自分の作品を好きと言ってくれたことがすごくうれしくて、「この人形、かずこさんにプレゼントしたい」とすぐに返事をしました。その人形は、顔がお客さんの方を向いているだけでなく、ヒップも同じ方向を向いている『慎み深さのない人形』というタイトルの作品です。その人形は、それからずうっとかずこさんの家に住むことになり、かずこさんにかわいがって

もらえて幸せだったと思います。
あれからもう五十年もたってしまったのですね。
こうして書いていると、ぷくぷくといろんなことが浮かんできます。
かずこさんへ

シモンより

（二〇一七年／人形作家）

菫色のマントオ——白石かずこ／森茉莉

白石かずこといふ人物が、富岡多恵子や池田満寿夫なぞの面々とともに私の前に姿を現はしたのは、その富岡多恵子と池田満寿夫とが催したパアティのごった返しの中でであった。その彼らのパアティは、三島由紀夫のパアティとはちがって、（催した）といふやうなものではなくて、「降誕祭《クリスマス》パアティ」とか、「新築祝ひのパアティ」（二階の上に三階が出来た時で、それは一種の新築パアティだったのである）とかの名がなく、なんだかわからないパアティである。或日のは、池田満寿夫と富岡多恵子がアメリカに発つ歓送会の崩れで、「歓送会のくずれパアティ」だった。三島パアティのやうに、先づ路易王朝的の客間の一隅の物おき卓《テエブル》に白い大皿がうづ高く、しづかに重なってゐ、やがて、澁澤龍彥以外は盛装した人々がぼつぼつ現れはじめ、アペリチフの洋杯《コップ》の音や衣ずれの音と混り合って、雇はれた楽士のピアノの弾奏がこれ又しづかに湧き起る、といふやうなのではなくて、いつものアトリエにいつもの卓《テエブル》二つと椅子が五六脚。椅子にも板の間にも居場所のなくなった人間は、いつもはその上にある紙や道具を除《ど》けた隅の卓子の上にも腰かけてゐ、多恵子の料理は卓子に載り切れなくて床の上にもおかれ、人々は床に林立した麦酒壜を跨いで歩くのだ。三島由紀夫が話してゐた、部屋からはみ出た人々が階段に腰かけてゐて、その頭の上を跨いで歩いたといふニュウヨオクの或パアティよりは混んでゐないが、そんな中

で人々は何かを除《ど》けて空地を造って、ゴオゴオを踊り、ステレオの中からはエレキギタアの音が鳴りひびき、たうとうどこにも居場所のなくなった多恵子が二階への階段の七八段目に腰かけて皆々を見下ろしてゐる、といふやうな光景であるから、従って白石かずこは三島パアティに於ける大江健三郎や石原慎太郎のやうに紹介されたわけではない。ただごたごたの中に髪の厚いお河童の女の子がゐるのを認めたのである。（そのころ富岡多恵子も白石かずこも全く女の子の感じだったのだ）その女の子がよくたべる。台所へ行って手伝ったり、何か運んで来たりする。多恵子が「かずこは喰ひ魔だからね」と言ふと微笑《わら》ってゐる。お河童の女の子は体のプロポオションがよく、つき過ぎない程の肉がついてゐて、むき出しの肩や腕は温かさうな焦げ色をしてゐる。冬の温かな洋燈《らんぷ》の下におかれた、柔かな果実《くだもの》のやうなのだ。多恵子はその腕を見て「美味しさうな腕だね」と言ひ、彼女が台所から甲斐々々しく何かを運んでくると、「あんまりあたしの用をするとおべっかって言はれるよ」と言って微笑《わら》ふ。（その多恵子の言葉は、多恵子がH氏賞の選考委員で、かずこはまだ入選してゐないからだといふことが後《あと》でわかった）さういふ多恵子の、可哀がってゐる妹にものを言ふやうな言ひかたを見てゐて、私は長い間かずこを多恵子の後輩だらうと思ってゐた。（富岡多恵子が性格も、顔や心も、様子も、すっきりしてゐて、潔《いさぎ》よく、白石かずこの方は一寸ウエットでもたついた可哀さがあるので、この二人の女友だちを見てゐると、姉さん芸者とその妹分のやうな感じがあるのだ。むろんこの二人は二人ともいづれ劣らぬ偉物《えらぶつ》どもであって、詩論も、ものの考へかたも偉く、歩く時の様子なぞも颯爽と小気味がいいのである）だが多恵子がかずこを、妹のやうに扱ふばかりでなく、どうかすると叱りつけ、こてんこてんに遣《や》っつけるのを見てゐれば誰だって思ひちがへるのだ。又多恵子がさういふものいひをする時のかずこの様子はおとなしい従順な妹のやうで、遣っつけられてゐる時には可哀さうな、小さな妹のやうなのだ。

或冬の夜、（それは私が白石かずこを、パアティの

中で二度目に見出した夜だった）パアティはまだえんえんと続くはづの十一時頃、どうしたのかかずこが一人だけ帰った。菫色のマントオをひらりとはおったかずこが、偉い男のやうな足どりで部屋を出て行くのを私が見送ってゐると、満寿夫が後《あと》について行く。私はふと、満寿夫と一緒に送りに出たいと、思った。私はその時、まだかずこの詩を読んだこともなく、詩人であるといふことも知らなくて、それかといって画家だらうか？とも、彫刻家だらうか？とも、思ってゐなかったが、菫色のマントオを靡かせるやうにして昂然と歩いて行く、厚いお河童を見て自分も送って行きたくなったのだ。南洋かどこかの畳のやうな、白っぽい草で出来た、畳の三倍も厚い敷物が一枚敷いてある玄関に出ると、もうかずこは暗い戸外に出てゐて、半ば開いた扉から半身を見せ、微笑《わら》ひながら満寿夫と握手をしてゐた。私はこのごろ、女と女との間にも友情（なんといふ嫌ひな言葉だ）があるし、男と女との間にも、上等な友情があると、思ふやうになってゐるが、その時、満寿夫とかずことの様子には、飛び切り上等の友情が存在した。なんといふ変な奴なのだらう。私はその飛び切り上等の友情を見るや、自分もその飛び切り上等の友情を、かずこと交したいと思った。はっきりさうと、欲望したのでもない。満寿夫とかずことの友情を見て羨ましくなったやうだ。私も手を差しのべたら、菫色のマントオは、満寿夫にしたやうに私とも握手をしてくれるだらうか？　してくれるにちがひない。そんな心持で私は進み出て手を差し出した。マントオの中は肩も腕も出た洋服のかずこは、マントオの前の手を出す穴から、長く突出してゐたすんなりとして温かさうな、つきすぎぬ程肉のついてゐる腕を私の方に差し出した。うれしさうに微笑ふのでもなく私は暈《ぼんや》りと黒い闇の中にさっと消え去る菫色の姿を見送ったのだ。これが私とかずことのこの世での、最初のお近づきだったのだ。

その時の私の心持といふものは不可解である。《不可解》はすべての人間、すべてのものにつき纏ってゐるものであるが、私においてはそれは特別に顕著である。その時私は、かずこが何者であるかを知らない。

多恵子と満寿夫とを知ってゐるだけであり、かずこは、多恵子と満寿夫のパアティといへば来てゐて、その中に混りこんだやうになってゐるお河童の、温かな燈火のやうな色の腕を出してゐる可哀らしい女の子だ、といふことがわかってゐるだけである。私は多恵子や満寿夫がきゃうだいのやうに親しくしてゐるお河童の女の子が、突然菫色のマントオをはおり、颯爽として戸口の方に向って歩き出したのを見、その女の子を送るらしく出て行く満寿夫を見て突如として、従《つ》いて行ったのである。誇張して言へば無意識の行動である。何故従いて行ったか？ それは菫色のマントオのせいかもしれない。とにかく私はなんとなく従いて行ったのだが、無意識の底に、かずこが、そんな私の行動を不思議に思はないだらうと思ひ、自分は送って行く満寿夫と同じ位、彼女と親しくなりたいと思ったらしいのだ。案の定、菫色のマントオはごく自然に、私にも腕を差しのべ、微笑って握手をした。（私とかずことの近づきかたは、私が今、後篇を書かうとしてゐる長い小説の前篇の中で、主人公の幼女がその親友となじみはじめる場面に酷似してゐる。私はその場面を書いた時、かずことの場面を忘れてゐたが、私の小説の中の二人の幼女の仲よしになる時のやうすが、既に十分大人である私とかずことが近づきになるなりやうに似てゐたといふのは一寸をかしなことである）既にして萩原葉子の家で出会ったトタンに親しくなった多恵子（私はその夜、多恵子を見て忽ち気ちがひのやうに喋り出し、突飛千万な自慢をしてきかせた。やっぱり、この女の子には何を言っても気ちがひだと思はないだらう、といふ無意識な安心があったので、かずこと私との近づきと同様、それは同種族の魚と魚、獣と獣の出会ひのやうなものだったのだらう。といふことは、私もどこかに詩人を持ってゐて、詩がいくらかわかる。へんな小説家と真物《ほんもの》の詩人との中にあるものが、どこかで索きあったのだ。その夜私が自慢をしたこととといふのは、九つの時別れて、二十四年目に出会った息子と私とがたちまち薔薇色の世界の中にまぎれこんだ事件のことである。空も家々も木々も、砂利もどこかの赤犬も、あらゆる空間が耀いて、二人でゐるとそのゐ

る場所が、理性では日本の中の東京であって、どこの町にあるどこの家である、といふことがわかってゐるのだが、どこか知れない、どこにもない、場所にゐるやうに思はれる、電車に乗れば、その電車はどこへ行くのかわからないが、天国のやうなところへ向って走ってゐるやうに思はれる、といふやうな状態であったことについて話したのだ。薔薇の花を敷いた道が二人の行く手に永遠にひらけてゐるやうな不思議なうれしさが、二人をもやもやと包みこんでゐて、二人以外の人間はすべて二人の歓びの見物人であると思ってゐる、といふやうな状態にあったのだ。多恵子はそれをきいて感に堪へ、自分もそのやうな恋愛をしたいものだと言ひ、私は、もしそれを望むならばまづ、男の子供をお生みなさい。=今私は産むの産の字を生の字に書いたが、私は産むといふ字を見ると日本の昔の汚《よご》れた布切《ぬのき》れの中に血みどろになって出生する赤子や、肉親同志の血と血とが流れ合ふ、とか、なんとなく両国の因果物の見世物の世界や、を連想するのでにはとりのやうでも構はず生むと書きたいし、多恵子、かずこ、私自身のやうに、新しいもの、新鮮なもの、の中に生きてゐる輩《やから》が子供を生むとすれば絶対に産むではなくて生むであると信じてゐて、もしかういふヤカラが陰惨なものを持つ場合があるとすれば、それは寺山修司の因果的陰惨芝居のやうに、現代に生れ変った、巴里に持って行ける、文章なら巴里やアメリカに適応する昔のそれとは別種の陰惨であると、信じてゐるので誤字はそのままにしておく=さうして、十《とを》では遅すぎる。なぞる時期は八つでは早まりすぎ、と、いよいよ出でていよいよへんなことを言ひ出したのである)とは、サイケな会話を交す間柄となってゐたので、その多恵子と水魚の交はりであるらしい菫色のマントオのお河童であるから、自分も水魚の交はりとはいかなくても握手位してもいいのだ、とさう私は思ったらしいのだ。

さういふ気味合ひがはじまりで、私とかずことは少しづつ親しくなっていった。やがてかずこから長い、長い、電話がかかったり、彼女が地下鉄の中で書く、二枚つづき、三枚つづきの葉書(それは一枚一枚がき

れいな詩の紙片であった）がひらひらと舞ひこんだりし、私の方からは電話も手紙も稀《まれ》、といふ交際がはじまった。白石かずこと私との間柄では、電話も、手紙も、私の方からの方が多い筈なのであるが、二人の近づきかたでもわかるやうに、私といふ人間はなんとなく不得要領で、人を愛するといっても、曇った、厚い硝子のこっち側から愛するやうな具合になる人間であるし、何か書いてゐる他の時間は、小説が書けない絶望で疲れて睡りこけてゐるか、ねころんで天井を眺め、起き上ったかと思ふと、アメリカの映画役者、フランスの映画役者、なぞの小説の人物に使ふ映像《イメエジ》用の写真を眺めて空想の場面に入りこんだり、或はミルク入りのトゥワイニング紅茶を喫しながら、英国ビスケットを齧り、抹茶を微温湯で溶いたものを喫しながら、白隠元の甘煮を口へ入れたり、グラニュウ糖と板チョコレエトを交互に口に入れたりすることで忙しく、時間は何億兆時間、何兆兆分あっても足りなくて、又その時間は何時間でも忽ちの内に飛び去る、といふやうな生活をしてゐるので、かずこと私との間のコレスポンダンスは、私がかずこを好きな度合より、かずこが私を好きな度合の方が大変なやうな具合になるのだ。

これは既に、「富岡多恵子」といふ文章の中に書いたことだが、このかずこの長い、長い電話はほんたうに、長いのだ。まづ、受話器の奥に深い、黒い、闇があってその中から「まりさん」と呼びかけるかずこの声が聴えてくる。次に続くのは彼女の恋人の運命について、又は恋人の別れ際のやうすについて、なぞのいつ終るともない話である。或日は「まりさん、詩が今五十行出来たの。聴いて下さる?」といふ声に続いて、続いては切れ、途絶えては続く詩の朗読がはじまるのだが、私には詩といふものがよくわからないのだ。詩といふものは何を言はうとしてゐるのか、いくら読んでもわからない。それが電話の声であって、その上に下書きなので、間々で、「ここのところはだめなの」と言ったり、「一寸待ってね……ここは直したんだわ」と言っては、自分で自分の書き入れた言葉がわからなくなったらしく、大分かかって訂正したりするのであるから、私は全脳髄を右の耳に集中してわからう

とするが、それが長く続くと、だんだんに疲れてくるのだ。ただ時々、又は時として、続けざまに耳に入ってくる彼女のおどろくべき表現の群（たとへば、聖なる淫者の季節とか、呼吸のはやい夜の九月とか、だまってゐる森の匂ひとか、十月のぶれらうを懐妊してゐるとか、つかのまの永遠にみちた熱い夏の午後とか、歓喜に炎えてないてゐるロバとか、憎悪の鰐の激しさとか、卵のふる街とか、一匹の魚になり、ぶれらうの海に投げこまれる、なぞ）に、「すごいわ」といふ感歎詞を挾むことでほっと息をつくのだ。しかし終った後《あと》では《わからなかった》といふ感想が残るのである。素晴しい言葉に満ちてゐたといふことだけがわかってゐる。

私の、彼女の詩に対するわからないながらの感想は、《彼女は空に浮ぶ雲と同じやうに天才である》といふことである。私は前に「白石かずこは天才」といふ文章を書いたことがある。詩人といふものは私の頭には浮《ふ》びやうのない表現（全くそのものにぢかな）を、日常《だん》の言葉の中にもきらめかせるものであるが、白石かずこのやうにそれらがあとからあとから群れ出てくる人は見たことがないのだ。彼女がその群がり、あふれてくるものを紙の上に移さうとすると、手がどうかなるのではないかと思ふほどだ。白石かずこの頭の後《うしろ》に、まるで夕闇の中の蚊柱のやうにむらがって出てくる悪魔だか、神だか、花の蔓だか、荊《いばら》の絡まりだか、狂人の群だか、襤褸《ぼろ》きれだか、邪悪の猿だか首のない馬だか、又はこの世には無い果実の果汁か、その香《にほ》ひか、なんだかわからないものたちが、もののけのやうに私をおどろかせる。ジョオや、ニックや、アメリカの河や、子供が、厚い曇り硝子のやうに無感動な私の胸をせつなくする。男の体の中の男の象徴のやうなものが、彼女の詩の中では、聖なるものの光をもって入ってくる。富岡多恵子の、鷗外が、今の世界の中に、サンシブルな女の子になって生れて来て、彼には書けなかった詩を書いた、といふやうな詩、野坂昭如の文章のやうに、点も丸もなく続いてゐるやうで、野坂昭如の暗い纏綿を、西洋の現代の新しい嫩い男の文章のやうにドライにした文章、池田満寿夫の、ロオトレックが見

て、こんな表現もあったのか、と一寸ばかり嫉妬をするにちがひない65年の展覧会の時の女や猫の絵や、ボオドレエルやバルザックが、俺の挿絵は池田満寿夫にさせろ、といふだらうことを私が信じて疑はないところの、細い線の絡みあひで出来たミニアチュアの群。(66年?・)池田満寿夫と富岡多恵子とは現在は別の人と別の家に住んでゐるが、そのことは私が、この三人について書く時間の中では全く意味のない出来ごとである。最近かずこは、赤坂のスペースカプセルで面白い演出で詩をよんでゐて、私もみに行ったが、その夜、富岡多恵子が俥に乗って来て、スペースカプセルに行くと、合田佐和子、矢川澄子、四谷シモン、宮野昭江、なぞが既に舞台に一番近い大卓《テエブル》に群れてゐた。富岡多恵子が俥で来てくれたことも、高いといふ話の入場料も、飲みものも、知らぬ間に勘定が済んでゐるらしいのを感じて一瞬恐縮し、又それを忽ち忘れ去ったこともいつもの通りであったが、それなのにかずこは次の日の電話で、「まりさん、来て下さってありがたう!!!」と言ってくれる。私の側から考へると、私が、この四

五年前から、富岡多恵子や白石かずこ、池田満寿夫の、崇敬すべき嫩い旗手たちに混って遊んだり、喋ったりするやうになったよろこびといふものは、かつて室生犀星が金沢から上京して、白秋や朔太郎、芥川龍之介、なぞの面々と翼を交して舞ふやうになって、翼をはたはたとさせてよろこんだのと、全く同じことに当るのに、富岡多恵子も白石かずこも、池田満寿夫も、礼をもってつき合ってくれる。池田満寿夫はいつも変らず私の書いた文章と霊感的にぴったりした讃めことばを与へてくれる。タエコの私の美の世界についての評も、かずこの「甘い蜜の部屋」の評も、この世にあるとも思へぬやうに透明で感動的である。私はこの今のへんな世界(いくつもの国々に分れ、いくつかの主義に分れ、愚かさと汚泥にまみれ、強い人間は弱い人間に歯を剝き出し、翼をたて、爪をひろげて弱い人間に飛びかかる世界)に生れて来たことをさへ、大きな倖だと、思ってゐる位なのだ。(この三人の他にも崇敬するところの、又は崇敬に価する幾人もの面々からも好意を与へられ、つき合って貰ってゐる)

ところでスペースカプセルに於ける白石かずこの自分で自分を演出した、一種のショオ的な詩の朗読は特筆すべきものである。黒紋付の芸者の出の着物を襟を深く抜いて着、帯はやなぎに結び、前襟は西洋の女が着たやうにV字形に開けてゐて、頸飾《コリエ》がみえ、髪はクレオパトラのお河童。太く黒いマキヤァジュをほどこした目。白石かずこは手に薄紫の透けてみえるからかさを傾けて差して登場、舞台の真中に斜めに据ゑた椅子にかけるや、脚を高く組むと、長い裾は幕を落とすやうに左右に落ち、レエスの靴下に踵の細い素敵な靴の、ジジ・ジャンメエルに似て、すんなり先が細いのに肉づきの豊富《たつぷり》した脚が露出した。満場の人間がおどろいて息を呑んでゐるのを知らん顔でかずこは詩を朗読する。大体において詩を聴いたことのない人が多く、網目のストッキングが現れなかったら、がやがやしさうな雰囲気がないでもない。フロアのゴオゴオが又はじまり、一段落して人々が席に戻ると、かずこは再び現れ、今度はフロアの舞台寄りのところに卓子と椅子をおかせて卓子に向ふと、にこりともしないで「又勉強」と言って書物《しよもつ》を開けた。どこかの男の子の声が不平さうに、「おばさん又読むの?」と言ふと、かずこはマキヤァジュをしたクレオパトラの目でギロリとそっちを見て、「天才が読むんだから聴いていらっしゃい」と言ひ、ゆっくりと素晴しい詩を読みはじめた。クレオパトラの黒い目は時折、ギロリ、ギロリ、と左右の観客席を射て光り、その目が自分の目と合ったやうな気がする時モリマリさんはぎょっとなるのだ。モリマリさんは《巴里だ……》と想った。これは全く、巴里の小劇場か裏街のキャフェに出てゐる巴里のアルチストである。白石かずこが自分で演出した出色の名演出である。白石かずこの自負と、矜持と、それらがもつふてぶてしさが、なにがなんだかわからずにおどろいてゐる新宿のゴオゴオ族（それは新宿を歩いてゐるアヴェックやOL、又は現代の花柳界やキャバレに出入りするへんてこな遊び人族等の混合である）にも、一種不思議なおどろきを伝へたやうだったが、彼ら観衆の一種不思議な、おどろきは白石かずこが詩の朗読が終った時、「今日ははからずもモリマリさんのお誕

生日に当りますのでこれから花束贈呈をします」と言ひ、その言葉につれて、どこかの得体のしれないおばさんが間が悪さうにひょろひょろと出て薔薇の花束を受けとるに至って頂点に達したのである。

それにしても花束贈呈はともかく、白石かずこの詩の朗読と、ずばぬけた演出とにたいして、ハッスルして拍手したのは私たちの卓子だけで、観衆からはブラヴォオの叫び声一つなく、お通夜の客のやうな人々が、ぽかんと見まもってゐた、といふ莫迦々々しさは大したものだし、又かういふ面白いショオが、東京の盛り場に現に展開してゐるといふのに、テレヴィが一台も馳けつけないといふのも、いかにも日本らしいことである。

私はその夜、歓びにみち、ゴオゴオのギタアに合せて足先を動かし、しまひには合間に変へ手さへ入れ、堀多恵子に贈られた小川軒で造ってゐる栗の菓子（マロン、グラッセの一種）を角砂糖の空箱に入れて持ってゐたのを人々に一つづつ配り、（フランス人的吝の私は、富岡多恵子、合田佐和子、四谷シモン、矢川澄子、白石かずこ、宮野昭江、の知ってゐる六人だけに配った）上記の人々から誕生日のお祝ひを貰ひ、大いなる満足、私の神経の中では《大いなる幻影の歓び》に抱《いだ》かれて、（それはこの今生きてゐる世界が私にとっては夢の一種で、全くの幻影であるからなのだ）私は皆と、凍るやうな一月の戸外に出た。

（一九六九年／作家）

白石かずこと詩／吉岡実

一九六五年の冬、銀座のブラジルで私は初めて白石かずこと会ったときのことが想い出される。紫色のマントをひるがえして、近づいてきた彼女に私は一瞬だがおそれをなした。彼女はおくれたことを詫び、おずおずと一冊の本を差し出した。それは出来たばかりの

美しい詩集《今晩は荒模様》であった。そのときどんなことを話し合ったかおぼえていないが、おたがいがファンであると告白したように思う。コーヒーをのみ、ハンバーグを食べた。あのときのハンバーグは大変食べにくかったとだいぶあとで白石かずこは述懐した。
私が白石かずこの詩に関心を持ちだしたのは、〈ハドソン川のそば〉を或る雑誌で読んだ時からである。

誰から生まれたって?
ベッドからさ　固い木のベッドから

の冒頭から、二十行目の

生まれた頃まで　さかのぼることないよ
わたしの想い出
行先も今も　ただよう胸の中
自分でも　はかれないのさ

そしてなかごろの

唄うと　腰をくねらせ
世界中が　腰にあるように　踊るんだよ

名前はビリー
すぎた日の名は知らない

やがて終りの

すこしおとなになったわたしかかえ
わたしのグランマー　グランパー
いとしい恋人　ハドソン川
わたし　流れていくだろうよ　川と一しょに
わたしの胸の中　太く流れるハドソン川と
わたしの胸の中　わたしと流れるハドソン川と

黒人を唄ったこの五十余行に、私は今までの現代詩に全くなかった新鮮なものを感じた。現在の白石かずこの恐るべき詩の星雲のなかに見るとき、代表作品と

いえるかどうかわからない。しかし、白石かずこという詩人を私なりに発見したという意味において、なつかしい詩である。

彼女と二、三回目に会ったのは、銀座のサヱグサであった。いきなり大きな袋から二、三十枚の原稿を取りだして、読めといったのに、私は当惑した。誰のであれナマの原稿を読まされるほど嫌なことはなく、今までも出来るだけ拒否してきたからだ。喫茶店で原稿を読む人物をみるのさえ私は好きでない。

あなたはもう確固たるすぐれた詩人なのだから、何も私に見せることはないのだ、といっても、これはケッサクだから、読め！　と強制する。とても乱暴な筆蹟で、誤字、脱字がある、わからぬ字はところどころカタカナでルビになっていた。（その頃、彼女は地下鉄の中で書くことが多かった）さすがの私も真剣になり、さめたコーヒーを啜りながら、読んだ。そしていくつかの欠陥を指摘した。他人の前で自己の作品を、すばらしい詩よ、ケッサクよと主張する白石かずこの類まれな真正直さ、子供のような無垢な精神にふれて私は改めて尊敬しはじめたのである。

「われわれに見えない場所で、疾走感のない不思議な疾走をつづけていた閉鎖的詩人」といわれる私は、「現在もっとも奔放でしかも真摯な、才気と情熱と内面の混沌とで、ダイナミックに武装された独自な世界を切り開いてやまない」白石かずこのきわめて、世俗的現象を巻き込み増殖する柔軟な詩法に深い羨望を感じている。

詩集《今晩は荒模様》の中の秀作〈冷房装置の中のラプソディ〉の一節に

愛人である　愛猫である
愛鯨である

この「愛鯨」とはなんと大らかで美しくしかもユーモアに満ちた言葉ではないか。

非常に　少年は　彼女のサラなど割り

ハートからケチャップをこぼしてみては
何長調の味か調べている
彼は　むしろ　それは海的であるか
砂的であるか
鯨の懐妊が　どのようなロマンティシズムで
あるかを夢みている

このあと三十行ある美しい愛の詩だ。そのほか〈真夜中のユリシーズ〉、〈終り始めるところから始まる〉の佳品があるが、なんといっても傑作は〈この海〉であろう。

非常に海がほしい
海水浴が　ほしい　とおもって行ったら
海は　なかった
海水浴もなかった
曇っていて　雨が降り
あれは　海でない
わたしの体は紫色にハレあがり

入水しない前から　もう
死体の色が感染していた

で始まるレズビアン詩篇

だが　これでいいのか
まったく　さびさびしいばかりではないか
丘にはアナナスばかり咲いて
そこで
わたしはきいた　おそるおそる
この詩でいいかしら
カンゼンとタエコは　咆哮した
この詩でイケ
イキナサイ！

じつに百三十二行に及ぶ終末にきて、作者は詩に不安を覚えて、親友の富岡多恵子へ電話して、長々とこの詩を読み上げて、意見を求めたのであろう。多恵子は徹夜の仕事で疲れ果て、どうでもよくなり、「この

詩でイケ　イキナサイ！」と叫んだのであろうと思う。

詩集《もうそれ以上おそくやってきてはいけない》は、引用詩〈ハドソン川のそば〉をはじめとして、多くの詩に見せたみせかけの異国趣味でない、実体のある、外国人群像がヴィヴィッドに描かれ異色ある世界を造型している。ニック、ミュリエル、ワイト、カウ、バード、ジョオ、アル、ビル、ボブそしてサム。

もう一つの特質は、白石かずこという作者が常に男の位置に立って書いていることだろう。〈Fishing〉と〈ジョオの思い出〉は見事な小戯曲を思わせる。


詩集《虎の遊戯》と処女詩集《卵のふる街》は白石かずこ自身が裁断したように、ナイーブながら完成度の高い《卵のふる街》の方が貴重かと思われる。最後に未刊の近作をみると、〈聖なる淫者の季節〉がやはり、彼女の集大成を予兆せしめるに足る雄篇だ。

白石かずこの詩は単なる想像、インスピレーションの所産でなく、すべて生活、日録のリアリティーを過剰な反復性の中にとじこめた滑稽で厳粛な詩ともいえよう。


（一九六八年／詩人）

白石かずこの詩／大岡信

白石かずこは絢爛たる詩才という形容が最も似つかわしい日本の現代詩人だろう。いま日本で詩を書いている少なからぬ人々のうち、絢爛たる詩才という点で白石かずこの右に出る人があるだろうか、と考えてみて、私はその名を思い浮べるのに困難を感じる。

もちろん、詩才はすべからく絢爛たるものでなければならぬ、ということはない。絢爛の対岸にも寡黙とか凝縮とか重厚とか、あるいはまた武骨とか無器用とか、さまざまな形容で語りうるさまざまな詩才がありえて、そのどれもが、いい詩人とそうでない詩人とを擁しているのだが、絢爛たる詩才の領土には、白石か

ずこが女王として君臨していると思う。

紅葉する　炎となり　紅葉する
日本列島の中腹に
車座になり　十五人の炎の兄弟休息する
十五人の水の兄弟　休息する
十五人の快楽の　十五人の意志の
十五人の決意の　十五人の貪欲の
あさましく　めざましく　爛爛
絢爛　華麗　醜悪の兄弟　休息する
十五人の炎の兄弟
遙かなる夏の山河をあとにして
いま　日本アルプス　氷の鼻を
天に突きさす厳冬の　白髪の季節にむかって
ながい旅路の
最初の一章にかかる

「紅葉する炎の15人の兄弟日本列島に休息すれば」の冒頭である。十五人の兄弟とは何者なのか、なぜ十五人でなければならないのか、なぜ彼らは炎の兄弟であると同時に水の兄弟であるのか、なぜ彼らが同時にあさましく、めざましく、爛爛、絢爛、華麗、醜悪であるのか、等々の疑念が仮に読者の中に浮んだとしても、そういう疑念を喉もとで呑みこんで、まずは白石かずこの詩の動きに乗って行きつくところまで行ってみようと思わせるだけの魅力と推進力が、彼女の言葉の連打の中にはある。

白石かずこは、今引いた詩句をそのまま借用するなら、あさましく、めざましく、爛爛、絢爛、華麗かつ醜悪であるような生の総体的感触を詩の中で定着しようとしているのであって、これらすべての局面の一大混合体を、昂揚した孤独なソロのように、心ゆくまでうたいきろうとしているようにみえる。白石かずこの詩の見やすい特徴のひとつに、時間と空間のスケールのとり方が大きく、かつ流動的だという事実があるのも、そういう理由からだろう。右の引用でも、いきなり十五人の炎の兄弟が日本列島の中腹に車座になって休息する、というイメジが示され、そのイメジのス

ケールの大きさが、読者の日常感覚のスケールを一瞬にして狂わせる効果をもつのである。

「ヘラクレスの懐妊」という詩が、やはりいきなり、

非常に　急速に
わたしは　美しい東方の緑の地の
ロマンの馬から訣別し
醜い　ヘラクレスの許へと　かえる

という具合に始まるのも、読者あるいは彼女が今さかんに行っているポエトリ・リーディングにおける聴衆の、日常感覚のスケールを一瞬にして切変えさせるための、乱暴といえば乱暴な、しかし白石かずこの方法にとってはきわめて必然的な、やり方なのである。

　ということは同時に、彼女の詩がはっきりと、読者あるいは聴衆とのつながり、彼らへの働きかけを意識して書かれていることをも意味しているだろう。

　実際、みずからの内に棲む気むずかしい読者だけを相手にして書く、というような極端に内面的な詩の作り方を想定してみると、そこでは「非常に　急速に」という具合に詩が始まることはありえないのである。こういうさしせまった気配を示す語は、純粋におのれ自身を読者にした場合には、まさに急速に色あせてしまうだろうからである。

　もちろん、いかなる詩人も、作ったものを世間に発表する以上は、おのれ自身だけを読者にして書く、などということが言えるはずもなく、それゆえ、多かれ少なかれ、「非常に　急速に」風な書き方をもしているのだ。白石かずこの場合には、それが最も明快に、彼女自身の方法の必然として、あらわれているというにすぎない。

　今言ったことをもう少し別の言い方で言えば、白石かずこの詩は、本質からして演奏的な詩だ、ということになるだろう。多数の聴衆を前にした演奏であって、沈思ではない。

　しかも、ユニークな詩の演奏家である彼女は、人も知るごとく、モダン・ジャズの熱烈な同伴者であり、ジャズ・ミュージシャンとの共演によるポエトリ・

リーディングの試みの最も熱心な実行者のひとりであって、彼女の詩の書き方にみられる右に言ったような特徴は、すべてこういう行為と深い必然で結ばれているのである。彼女の詩が一種のストーリーを思わせるものを持っているのも、これと関係あることにちがいない。もっとも、注意すべき点は、そういうストーリー的なものが、いわゆる綿密な構成や一貫した意味の追求といったものとは単純にむすびつかないということだろう。むしろ、ここでのストーリー性は、自由奔放に進行する彼女の詩想が、いかに意味の一貫性のごときものから遠く逸脱し離反できるかを測るためにのみ、そこに導入されているとさえいいえそうな性質のものだといえるであろう。

つまり、読者はたとえば「増殖する夏その15人の兄弟」や「紅葉する炎の15人の兄弟」を読みながら、たとえば長兄は空をかかえる入道雲であり、次兄はヘドロの海をさらう船乗りであり、等々の人物紹介を作者から受けても、それを固定したイメジでとらえる必要はないし、とらえるべきでもない。なぜなら、まずもって作者自身、たとえばこんな具合に、彼らそれぞれの変容を語ることに力こぶを入れているからである。

長兄は　入道雲をささえる　いや
空をささえる入道雲とみたが
それは真赤ないつわり
長兄は　いつも空にボッキしている
空に　頭部をさしこんだまま
空そのものに抱かれている空《くう》
充たされた空《くう》である
（「紅葉する炎の15人の兄弟日本列島に休息すれば」）

詩人は、語が喚起するある種のエロティックな感触をすばやくとらえ、その感触をテコにして、さらに別の語を掘り起し、そうやって、語から語へ、イメジからイメジへ、感触から感触へ、ホップし、ステップし、ジャンプしてゆく。それは、絶頂の瞬間の快楽を無限に引きのばすために、目もくらむような感覚の断崖をわざと選び、正確にその縁をたどって進む冒険的な

ジャズ・ミュージシャンの眩暈の感覚と共通した感覚を、白石かずこが詩の中へ持ちこもうとしていることを示している。

成功した場合、これは充実した数十行のソロとなって読者を言葉の波にまきこむ。たとえば次のようなパート。

夏　このワイザツな緑の家族よ
これら　屈強な十五人の兄弟
わたしが素手であることを知ると
素手と知りながら
いっせいに　緑の十五の銃をかまえ
射撃用意！　発射しはじめる
天高く　地低く
これらの銃弾にわたしの空はくまなく
充実の穴があく
わたしの腹部　大腿部　これらの大地くまなく
　傷痕の緑の炎　緑の砂煙
これらの一陣の風をよびおこす　と
屈強な十五人の兄弟　わたしの意識のまぶたに飛
　びこみ　緑の傷痕ものこさずに昇天
しかし
これらの昇天は昇天ではない
わたしのイリュージョンにとらわれた仮死にすぎ
　ぬ
その証拠に　たちまち
わたし　この全夏の意識の沖はさわぎはじめる
屈強な幻影ならぬ十五人の夏の兄弟が
わたしの水平線に現れたのだ
あッ　カラカラと白い波けたてて笑う
抜群の沖と化す彼らの白い舞踏
たちならぶ屈強な夏の十五人の兄弟
そのヘラクレスの肩で　かたちづくられた沖は
筋肉質に波うち
これら筋肉の海のラインダンス
わたしの唇の海岸線にむかい
いっせいに愛液となっておしよせる
わたし　この夏の乾いた唇の奥

この熱い暗い砂地に
かれら　十五人の兄弟　海を
そのヘラクレスの肩からこぼしながら
裸足でどんどん　はいってくる
わたしの唇の沖へ
一滴の水もない熱砂地獄の暗いサボテンの砂漠へ
　たちまち
海の屈強な夏の十五人の兄弟
呑みこまれる
屈強な十五人の兄弟の　悦楽に充ちた断末魔の声
が
わたしのノドの奥　不意の砂なだれになってきこ
　える
（「増殖する夏その15人の兄弟」）

夏という「緑の家族」はすなわち「十五人の兄弟」なのであり、この十五人の兄弟は「緑の十五の銃」をかまえて「わたし」を射撃するのであり、その銃弾にうち抜かれた「わたしの空」には、くまなく「充実の

穴」があくのである。こういうパッセージの展開において白石かずこが示す力、すなわち感覚を次々に言葉に置換えて定着してゆく力に、彼女の詩的能力が存分に発揮されている。

　たとえばまた、同じ詩の中で、「盲目のさわり師」という「六男」を語る部分の、

空をもみ天候の気分を伺い　地にふれ　土たちの
　きげんふきげんを伺い　海に口寄せし
魚たちの呼吸の具合　潮たちのみちひきを
処女の腹の上まさぐるようにさわり　感触の哲学《フィロソフィ》
　を思考するのだ

といった語り口をとりあげてみてもいい。感覚をすばやく的確に言葉に置換える能力において、この詩人はとりわけすぐれているのである。「感触の哲学を思考する」というサワリ文句は、このときほとんど彼女自身のそういう能力についての解説ともみえる。

　感覚をすばやく的確に言葉に置換える能力とは、言

いかえれば、ひとつの感覚に固執してたちどまらないということでもある。このことからおそらく次の事実が生じる。つまり、白石かずこは、一見そうみえるかもしれないような自己耽溺的な詩人ではなく、むしろ自己自身に対して冷静に距離を置く能力に、その感性それ自体の成りたちからしても、恵まれている詩人だろうということである。

そのことは、彼女がモダン・ジャズのプレイヤーたち、わけてもジョン・コルトレーンやマイルス・デヴィスについて書いている文章の優秀性を見てもわかるように思われる。

「彼はもはや個《おのれ》を、泡だつ音たちの複数の大音響に、ひとつの泡として、とき放ち、参加させようとしている。

個《おのれ》ひとりで、ひたすら静寂に、また炎と化して吹きつづけるという個の、孤の芸の行く果ては、音曼荼羅である。」

「ここには、個体としての個はない。強烈な個と個の婚姻、九重の婚姻で、液体と化した個が、ギラギラ

光っている。

これらのかもしだす、個々の楽器の溶けだす音質は、妙に熱っぽい、どろっとした鉄を溶いた風な、エクサイティングな暗質のねばりがある。

奇妙に重い陽気さであり、あまりに無気味な悦楽のしぶきをあげる、ぶ厚い混沌の音たちのハーモニーだ。

個々の音たちの個性と性格があまりに鋭すぎるか、巧すぎるか、きつすぎるので、これらの個々の音たちは狂暴に、恐竜のようにその音たちを交尾させるのでマイルスは神にでもなるしかない風情であり、それをズルクも彼はねらっているると、わたしが思うのは、わたしのかんぐりすぎか。」(「マイルス・デヴィス」)

一九七三年東京での「マイルス・デヴィス・イン・コンサート」を聴いたあとで、彼女はこういう感想を書きしるした。自分がからだ全体で聴いた音の感触を分析し微分してゆく手ざわりのたしかさと、他方、混沌の印象をそのまま伝えようとする綜合的、積分的な意志の働きとが、うまく嚙み合っている文章である。

白石かずこの批評は、自分の受けとめた感触に対する

腑分け作業を基礎にし、その確実さの感覚に支えられているから、無理な姿勢に陥ることがない。これは、詩の書き方にも共通する態度で、白石かずこの作品の、外見における絢爛さを支えている感性の安定感は、おおむねここに由来する。

もっとも、モダン・ジャズの世界が個人的神話につねに傾倒し、その領域に深入りすると、人々は好んで陰語と象徴を語るようになるのと同じことが、白石かずこの詩についても言えそうであって、その観点からすれば、夏の十五人の兄弟も、狂ったトマトも、クレイジー・ホースもヘラクレスもクレオパトラも、すべてこれ陰語であり象徴であるのにほかならず、そういうイメジをとにもかくにも現実感をもって受け入れることができない人、感覚的に反撥してしまう人にとっては、白石かずこの詩は、華麗だがつかみどころのよくわからない詩、という風に見えるだろうことは是非もない。

人は感覚が伝えてくる多種多様なものの、確かさと同時にはかなさを、繰り返し思い知らされる経験を通じて、おのれの生の全体をしだいに知りあててゆく、ということがたしかにあって、そういう思いをとりわけ強くいだいているような折に、白石かずこのこれらの詩を読んだらどういう感じがするか、私には興味がある。絢爛さの底に、深いアンニュイが沈んでいるのもまた、白石かずこの詩の特質だと私には思われるからである。

（一九七五年／詩人、評論家）

二〇一七年一一月／書肆山田

白石かずこ詩集成・全三巻

Ⅰ　一九四九――一九七五
卵のふる街／虎の遊戯／もうそれ以上おそくやってきてはいけない／今晩は荒模様／聖なる淫者の季節／動物詩集／紅葉する炎の15人の兄弟日本列島に休息すれば／単行詩集未収録詩篇一九五〇―一九六七

Ⅱ　一九六八――一九八六
一艘のカヌー、未来へ戻る／風そよぎ、聖なる淫者／砂族／新動物詩集／太陽をすするものたち／火の眼をした男／CUTTACK and other poems／炎える瞑想／単行詩集未収録詩篇一九六八―一九八六

Ⅲ　一九八八――二〇一七
ふれなま、ふれもん、ふるむん／ひらひら、運ばれてゆくもの／現れるものたちをして／ロバの貴重な涙より／浮遊する母、都市／満月のランニング／単行詩集未収録詩篇二〇〇四―二〇一七

46判上製本。各巻平均610頁、月報形式栞付き。
第Ⅱ巻2018年2月、第Ⅲ巻2018年5月刊行予定。

但石かおこ

単行詩集未収録詩篇――一九五〇―一九六七

白石かずこ詩集成　I

卵のふる街

1950

丘の上の図書館

歴史があなたに赤い屋根をかぶせた
それ以来　丘の上で
図書館はパイプを吸っている
小さな頭に住んでる知識に旅券を与えたり
本棚のほこりのターバンを
青年の光った髪にのせると
時折　王様や乞食になる
外国人がいた

十年来　丘の上に図書館が腰かけてる
二十年来　雲の上に　私の心臓が錨をおろしてた

卵のふる街

青いレタスの淵で休んでると
卵がふってくる
安いの　高いの　固い玉子から　ゆで卵まで
赤ん坊もふってくる
少年もふってくる
鼠も英雄も猿も　キリギリスまで
街の教会の上や遊園地にふってきた
わたしは両手で受けていたのに
悲しみみたいにさらさらと抜けてゆき
こっけいなシルクハットが

高層建築の頭を劇的にした
植物の冷い血管に卵はふってくる
何のために？

〈わたしは知らない　知らない　知らない〉
これはこの街の新聞の社説です

ライオンの鼻唄

わたしは昨日ライオンだったので　密林で
鼻唄をうたってました　夜には
星が一せいにふりだしたので
月の光をふみつけては
いたるところやけどをしました
鼻の頭をすりむいたり
恋で生命をあぶなくこがしたり

また　たてがみは風に吹かれて
過去　未来　死　何処へともなく
永遠にとび去ったのです
わたしの尾も耳も
もはや二度とわたしの所へは帰ってきますまい

今日　学校の帰り
わたしは鏡屋の前を通りました
それでこれだけは憶いだしたのですが
ピンセットを密林に忘れたので
二度と鼻唄の文句だけは
つまみだすことができません

パラソル

パラソルはいかが？

明るい真夏のためのパラソルは？

砂浜で
パラソルをさしては暦をこがしました
夕陽はにげながら　赤いドレスを散らしてゆきます
そして夜はすっかり
わたしたちの怒りを葡萄に
悔恨を薔薇にしてしまいました

無数の時たちのつめたいマスクにのって
わたしたちは　星の眠りの上を流れてゆく

パラソルはいかが？
それをさしてもささなくても
パラソルがうれてもうれなくても
わたしたちのスカートについた暦は
一秒ものこさずに　もえてゆきます

電話

死の国から　突然
電話がかかってきました
死んでいたと思ったあなたが生きてたのです
せっかくたてた白い墓標は
今ではこの世への道しるべになりました

運命は
最新式高級車にのり
すばらしいスピードで
私の孤独にのりこんで来ました
見おぼえのあるお客を一人のせて

今では印刷され本になった物語が　この一瞬
永遠の眠りから目をさましました

そして
約束された文章からの自由解放を叫ぶのです
このとりすました著者の前で

時折コーヒーの中に
砂糖のかわりになにげなく入れたロマンスのために
よく私たちは
こんな電話をきかされるというものです

火事

その灯はその窓からもれていました
その暗い秘密は一本の恋文が原因でした
その家はもえ始めます　夜の暗い花火となり怒りの意志となり　銃弾のつめたさとなり
その暗い秘密は一枚のことづてでした

その家は燃えました　あの窓は黒くやけおちました
この恋は冷たく燃えのこり
冷蔵庫に保存されてから百年になります

緑色のらんち

野原は緑色のらんち
小鳥の耳に雛菊のレコードをかけると
朝露は太陽にぬすまれて
颪の自動車が
雲を押してゆく
その影が麦の上を走ります
わたくしの幽霊ものせて
幸福も不幸も伏目勝ちに　一分間
この怠惰の涼しさをながめています

1949

手紙

顔を切られたら三日月になりましたね
幸福は目もないくせに笑いたがるので
わたし困りました
池の側では水仙の瞳　水の上ではあひるの靴
空の青は吸取紙　まるで泥棒です

あなた困りましたね
字はうごきませんよ　耳はちぎられたのですからね

失礼ですが　あの口もきけません
胃腸カタルなのです
それからこの手紙はもやしました
どうぞ
封を切らないうちにみて下さい
さようなら　不幸より

少女

歯の間から星が飛んで夜になる
このレンズはあわないといって
オジイサンの目玉をもたされた
白いもやの中に馳け出したあたしの
ソーセージは何処だ！
ろばや兎や鶏たちのために
地球のまくったスカートは何処！

あなたに送る歌

前足からバラが咲いた
耳の穴はボタンだ
木のお人形さん　私のピノチオ
今晩はあなたを食べる
冬の陽は銀紙に包んで
　　　　　ふみつけろ！

図書館

そこは図書館だ
朝日がぎっしりとつまっている
愛情はときいろをして空へのぼってゆくが

平和はその辺でうろついてのんきに
ひまつぶしを考えている
午後　銀髪の紳士が
ステッキは只だといって入ってきた
そこでもぎっしりたいくつがつまってる
でじりじりと本共は合唱し始める
生意気に唄をうたっていた

らんち

葡萄が一ぱい乳房をかかえてきてくれた
これで昼食は沢山
緑の木蔭でかえるがこれをのぞけば
なめくじはだめだめと首をよこにふる
そしてだんだん溶けてなくなってゆく

ライオンの上では輪投げが始まる　午後
太陽だ！　地球だ！　ぽんかんだ！
ぢりぢりと赤毛をころがしてゆく匂いが
パラソルとなり　空の一角にすわる
腹立たしい安住が　天上からリスの子を
おろしてくれ　ほっとしたが
文化は　らんじゅくした果実のかげで
ミルクをおとなしくかけられていた

星

『はずかしいの』ときいた
ことことと箱のなかで音がした
いきといきとがかよって
春のおぼろ月夜のような冬の月
氷がぺったりとあたしを抱きしめてくれる

霧が酔っぱらってくちづけしにきた
じっとしていると
またききにきた
『はずかしいの』

あたしの目はおもたく
星の方にひらいていった

黒い玉子

僕たちの時間は黒い玉子
青い娼婦のかげで　葉巻を吸えば
猫はしゃれたコートをきて　外へ出る

ウグイスの唄は銀色の鍋に死に
風は口ひげをひねっているが

スープはなんとなく煮えている

存在・無風帯

暗いチューリップの時間
独裁者の部屋
片隅の囚人
右の手をあげよ
左の手をおろせ

風車小屋は窓から消えてしまい
夜よ　あなたと私との間
距離はなくなってしまった

まるい卵のひかり
影をひく線　その

線の菓子
やがて　あなたも私も
同じドアからでてゆく　無風帯へ

だが　もう
　どちらでもいい

火の玉子

いたいほどに寒い冬のこと
あなたのテーブルに
薔薇をおくと
火の玉子になりました
あまり怒るので私には抱けません
じっとしておくと

だまってテーブルをこがします
鏡をみると
私のネクタイも口紅も
みんな燃えだしてます
それで私は
あわててスプーンをもったまま
この家を飛びだしてしまいました

芝居は終る・或いは喜劇

ラッパを吹いても
もう暫くはサヨナラです
喜劇はあまり長い間続けるわけには
いかなくなりました
熱心な観客諸君!
風のように立ち去って昼寝をなさるがよい

または　隠れるか
まだお日様はおひげを生やしていられるから

長い間ありがとう
僕はおじぎをします
わたしは火酒を飲み
靴下を破き
ピストルを持って恋をささやきました
この俺の熊のような男っ振りも
もうこれでおしめえですぞ

カレンダーが盗まれた
台本が何処かへいった　それよりか
わたしが彼を殺したというのはどうですか
つい煙草のつもりで　相手役をあっさり
一服してしまった

〈君たちは互にけがなどしなかったのだとそう　自惚れてしまえ〉

ところで諸君
この輝しい罪深さの故をもって
鉛のように感動を
ポケットの中に押し込めて下さい

＊　本詩集は一九五一年協立書店刊。

虎の遊戯

大洪水

大洪水です
一滴の涙が　こぼれ始めたばかりに

あたしの寝室もドアも曇り
風の中で首をつってる
あたしの少女がみえる

あたしはみえない運河にむかって　消えかかる文字をかいていくのです

沖とペダル

沖から遠く離れたので
日曜日はうすらいでいくばかりです

雲の中で休んでいると
もう　あれは消えていくのかと思う

だからといって
殺さなければよかった
だからといって殺してしまう筈の時間に
どうやって　ふむペダルがあるというのでしょう

落下

それが
おしまいの丘だなんて
信じないわ
といって

また

ひとつ空を　とんだので
もう
墜ちる
空間だけが　私の部屋になりました

虎

すると
虎は　彼でもなかった
私の　胸の部分の昨日から今日へと
山脈がよこたわり
虎の部屋が
明日の方へと空いていた
私の意志の中に虎が生える
バケツが生えるのと同様に

風が生え
街が生え　その街にビルの眼が
空しく　空ののどにむかって生えるように

私の腕の中で　虎のキバの折れる音がする
あるいは　昨日死んだ彼のシッポのウクレレが
私の行為の中で
無数にちらばる　飛沫の音がする

虎は昨日は　私の恋人で
今日は見知らぬ他人の背中であるからといって
虎が明日に　という空やサーカスがあるというのではない

虎とミルクを飲もう
虎と風邪をひこう
虎とジャンプに就いて討論する

というパジャマをはこう

私の孤独に通り抜けていく髭がある
私の愛に　暗い太陽を投げこむあごがある
私の失意に　何も抜けさせない縞のドアがある
私の行為の尾根に
ひるがえる　お前の尾がある　時
ときに
一枚の紙の中に　虎よ
お前を折り曲げて眠らせよう

明日　という姿勢のひろがりの中に
また　今日がお前を追っていくために

星の握手・或いは一九六〇年九月ある日

一九六〇年九月ある日
三〇日とでもしておこう
という日が
ビルの角で突然　埋没しました
電話が鳴りつづけても
少女がハシカになっても
新聞売子がいつもと同じ声を出しても
低く雲のたれこめたその日は
私の視野のむこうで
点ですらもなくなりました

アスファルトの舗道に
足は
一本の痛みのように　突きささったまま
離れません

すぎてしまうことのために

どうして
人は
最後の手形を
星の握手のように
交そうとするのでしょう

炎えていく自動車が
私の背中をかすって
昼のない地下道へと疾走するのです

鳥型の笑い

すべては沖にひいてしまったのに
自転車のペダルだけが
ベッドにのこっている日

小鳥を手の中に殺すと
赤いシャツを着た少年が
やはり赤シャツを着た少女と
そのてのひらから出てきて
ドラッグ・ストアのある通りへ
すこし鳥型の笑いをこぼしながら入っていった

メニュ
ライオンの髭を
恋しいと思わないではありません
が
今朝を
受話器のむこうで

ピストルが殺したのを　あなた御存知?
吠えるまでもなく
割れたレコードの一枚を
オートミールの皿と一緒に
歴史よ
あなたが食べてくださる筈の
メニュです

顔のない時間・或いはその男に顔がない

その男に顔がない
だが　アンブレラをさして近づいてくる
その男の後には海もイルカもついてきて
その男は近づいてくる

アンブレラをさして
だが
その男には顔がない

ほとんど　ぶつかる程近づいた時
その男はノートを差しだした
何もかいていない空が
その男の顔にはまる

男は急に雲のいないのにそわそわする
鳥もいてもいい筈だ
いっそ
星などがあったらよい
だが
男は　いぜんとして
何も浮かんでない空を
顔にはめたままだ

腰から下あたりに海を充満させ
そこに　イルカを泳がせている
男は　アンブレラをさしたまま
顔のない時間で　私をみつめた
のだが

私の濡れた声は
言葉にはならないまま
彼　の腰の海の中に飛沫をあげて落ちていった

レストラン
も
自動車も
それなら

映画館なども

だが
彼の流れてきた
舗道には
なにもなくて

私がこれから　逢いびきする筈の
風も駅も電信柱も

遠く
窓ガラスのむこうで
意味の失われた
砂たちになって埋もれていく

もう一度
それならキスする時間を

だが

あいにく
彼は唇がないので
白い
空しさだけが
私のほほに突きあたり

彼はあやうく失墜しかけた空を
その顔にはめなおしながら
今来た方と　反対へ
遠ざかっていく
すると　彼は見えない
後姿など　といったものの
磨滅した　時の上に一本のアンブレラと
それをささえる腕と
ひとかたまりの海だけが

往来の　はずれた地点へとよって
そして
今度は　ほんとに
見えない

SKY ROBBER

海賊は最近　ジェット機にのりかえて
あなたの
通信をやりすごしているのを
ご存知ですか

あなたの
言葉は　沿岸にとどくまえに
すすけた薔薇にさせられるのです
缶詰のみかんにされて

匂いのなくなった詩に　切手をはるなんて

スカイステイションには
密輸されたチャアームが
雲にまるづみされていて

地上では

ほそぼそと　恋などが
煙のように　巷にまぎれています

アフリカの黒い肺の上

このドアが
次第に　溶解していくのを
許すのですか

むしろ　くずれ落ちて
砂丘のように
てのひらで　そのかたちをなだめよう
そんな午後を
かばんの中に　5本ほどいれています
太陽は　まぶしすぎてにがい
サンドイッチは　ほっとくと忽ちくさる
ここは
アフリカの
黒い
肺の上です

受話器　と　駝鳥

黒い受話器の中で

珈琲ポットが泣いていた

が
受話器をおろすと
駝鳥が大急ぎで森に逃げていった

私は
駝鳥に逃げられた首
を抱いて
もとのくら闇に戻る
首は　どんどん冷えていくのに
遠い森で　駝鳥はスタカットでしきりに
卵を生んでいくのだ

tonight

今晩
私のテーブルのまわりに
虎たちが集合した

暗殺する森
に電話する雨
いきなり裏切る
わずかな時間のずれ

ドアのすきまから
虎たちは　また
彼らの暗礁に帰っていく

てのひらに残った
一本の髭の夜に
心臓は清掃夫になって
掃きだそうとするのだが

その時
月は　落ちて

暗闇では
こげくさい目玉やきの匂いと
先程の虎の匂いたちが
一せいに
充満する

射殺

私の手の中に
黒く沈んでいったのは
アラブ人だった

教室で一言か二言
口をきいただけだったが
彼は　空を射殺するのだといい
私　は
砂漠に横たわる　黒いタイヤを思ってた

黒い鳥になって
私の肺を　かきむしる彼のつばさ
もうバス・ルームにはゆげが一ぱいで
これ以上　容赦はできない

少し　あつすぎるのはメロンのせいだ　それが
皿から　おちた
すきに
私の手の中に
黒くにぎられた
コルトの下で

そのしみよりも小さく
一人の男が
点になっていく

プールサイド・ラブ

プールから　あがると
あなたの水滴が
私　を追いかけて歩いてくる

「私　魚になるわけにはいかないの」
とはらいのけて
どんどん大通りを歩いて
今度は　太陽の方に真直《まっすぐ》にむかったが
ついてくる
私が　太陽のあごに入った途端

じゅっと
魚がやける匂い
プールサイドは一瞬
暗い涙
を吸いとられる

3月

3月は
私　のむこう側を歩いていた

声をかければとどくのに

だが　いつか声は犬に喰われて
私は音のない波の上を
光のようにすべっていくだけだ

3月は　振りかえると落ちる
肩の先にいた

だが　私にその時　眼がない
まなざしは　暗い谷間に犬らのように落ちて
遠い海が
舗道のように　うねりながら
私の肩を　流して去っていく

アル　と　ホルン

黒人の大男のアルは
ホルンの中で眠っていた

風は森にいない

この部屋に　花がいない
女に　唇がいない
黒人の大男のアルは
ホルンの中で　もう
めざめることはできない

アルの腕はホルンのかたちに
伸びていった
アルの足　はホルンの外に見えない音のリボンになって流れていった
そして　ほんとに黒人の大男アルの胸は
ホルンの中の真空の壁になってしまった

サックスに入って出てこないアル

アル　は
サックスの中に入って

でてこない

夜がきて　男たちは
ステージにたったが
アルだけは
荒らい音をかかえたまま
少女のように　そのくらがりに
ひそんでいる

女は　客席をこわし
ビールを割る
サックス　を空にぶつける

と
星たちに　かかえられて
サックスは　アルの手足をふきはじめる

ピアノからこぼれてしまったアル

ピアノから
こぼれてしまったアル
を
拾おうとして
こぼれていく
腕　あたしの
ピンク色の胸
腕　も首もこぼれて
散らばってしまったフロアで
足首は
胸にささやく　〈歩こう〉

拾いようもなくなった
アル　の死体をかかえて

オクターブ　にあがっていくのは
足首の痛い音たちです

アル　と　ドラム

破れた
ドラムの中に
アル　が隠れる
と
アル　の声も隠れる

破れたドラムに
生える靴
生える孤独
生える髭

アル　の声は　破れて
泣かないドラムの上を
素足　で内緒に通ることだ
通る　アルの冷たい足の裏
鳴らないドラムが濡れていく

終日　虎が

終日
虎が出入りしていたので
この部屋は
荒れつづけ
こわれた手足　や椅子が
空にむかって
泣いていた

終日
虎　が出入りしなくなっても
こわれた手足　や椅子は
もとの位置を失って
ミルクや風のように
吠える
空をきしませて　吠えつづける

私の死体だけが確かに私の上に

霧の中に埋もれていくアル
だが
アル　の死体は
いない
犬　薔薇　風
どこにも

いない
霧の中に埋もれていくアル
をおそって
私　が死んでいく

その死体　は遠景で
ちがう言葉や　意味にゆだねられて
すべては遠い
だが　私の死体だけが　確かに
私の上にある

ある部屋

この部屋は　拡がったり
ふさがったりした
誰かが出ていったり

二度と帰って来なかったりした
あるいは再びという言葉が
にがい受話器の中で
炎えていることもあった
建物　は古くも新しくもない
十年というある時が
新聞紙や
鉄の肺のように　そこにころがっているだけだ

風が終日　吹きつづけるので
扉　は耳を押さえてかけこんでくる
あるいは　終日　風がないので
扉は　てごたえのない空しさをかかえて
かがみこむ

わからないが
住人は　壁であるらしい

それから　吹きぬけていく風であった
また　閉じたり
開かれたりする扉　と
常におかれてる
椅子である

座ることのない
きわめて　椅子的な椅子で

その日　突然に
あなたがでていったので
それは窓が開かれていたから
空気がそとに
愛がうしろに　流れていったから？

その日　突然に
ドアは　死人のように硬直して

急に聞えない壁たち　椅子たち
がきこえはじめ
空しく　通りすぎていく
帽子　浮き　風らを呼びとめた

風　は気流について
帽子は　雲について
浮きは　魚について
それぞれの　住まいとファッションを紹介したのだが

風　は気流の娘ではなく
帽子　は雲の知人でなく
浮き　は魚の兄弟でなく
椅子　は壁に　壁　は扉に
通じあう挨拶を忘れて

ばらばらの姿勢で
きわめて物的に
各々の位置にあるのだが

壁　は壁からのがれられず
椅子は　椅子から
扉　は扉であることから

暴動は　恐竜のかたちをして
突然は　必然の顔をして
流動は自然のように

だが　通じあうことのない会話が
ドアの外にぶらさがり
通じあいたい荷物　が
偽のチケットに
はばまれて

扉があいているのに　それは通らず
閉ざすと　部屋は
あふれでるほどの空しさが壁をおし
椅子をゆがませ
扉をきしませる

この部屋は拡がるたび
閉ざされるたび
呼吸は　荒らあらしくなり

砂の音をたて
また　ひとかたまりの空しさが
ふえていく

殺意が街を歩き始める

ピストルをむけると
死んだのは私でした
あなたの影と抱きあって

あなたは　煙草をふかし
平常通り身仕度し
街にでる
あなたは　海になってる
ドラムになってる　遠ざかる雲になってる
待ち伏せる闇になってる

私は　殺しそこねた先刻を
ポケットの底に隠し
何喰わぬ顔で　死んだ私を見捨て
出ていく　昼さがりにまぎれながら
数えきれない程の殺意が街を歩き始める

虎狩にきた僕がアルに話す話

アル

走りだした虎を追い馳けてたのさ
そこが　君の街で
君の部屋で
君の　にがい背中のみえる真昼だなんて

虎は
みえない背中にもぐり
僕　は一けん一けんのベルを押す
ふと　ふりかえるのは
種　も仕掛けもない背中のない顔
夜　のいらない風たちだ

アル

走りだした虎を追い越したのさ
僕は　森を通りすぎ
入らなくてもいい床屋にはいって
もう　この辺にくるだろうと
煙草をふかす

その間に虎は
君　のそばを通りぬけ
君　の楽譜をまたいで
乾いた音たちにまぎれて
行ってしまうのだが

僕は　君のにがい背中に灰をおとし
君の街を　長靴で破いただけで

てのひらに
君の　少し怒った部屋を　濡れたまま
にじませてしまう

むしばまれた窓の唄

私の肺の
むしばまれた窓が　すこしあいて
今朝　は小鳥がはいってくる

新聞などをよみましたか
黒いシャツをすてましたか
血まみれた教科書をおだしなさい
私の肺の
むしばまれた窓　のそばに

いつかアラブ人がすわって煙草を吸ってる

新聞などをよんで何になりますか
ピストルならありますよ
彼女を　かえしてください

私の肺の
むしばまれた窓は　夕暮れて
しまろうとする　その時

なにも影のない　くらやみ
そのものがはいってくる

あぐらをかいて　孤独を吸う
かたちもないのに　愛をうばう
ながい時間　ノートした
肺の唄を　すこしずつ

笑いながら裂いていく

あそこを流れていくのは

あそこを流れていくのは
私でしょうか

いや　帽子や手足にすぎないし
あの服はぬぎすてた胸で
あるのでしょう

あそこを走っていくのは
私でしょうか
いや　キリンです
あの子は　長い棒でできた挨拶です
前のめりになって　昨日をやりすごす

あそこでじっとすわっているのは
私でしょうか

さよう
私でしょうね
じっとこちらをみてるから
そして
ここに　すわってみられているのは
もう私じゃない
私の抜けだしたあと
かたちばかり大げさな身ぶりして
砂だらけの時　にまみれてます

コールド・ミート

あたし　いかれてるかしら
いかれてるな

あんた　帽子をかぶってるの
頭をかぶってるんだ

チョコレートショップの中で
一寸　内緒の相談だけど
妊娠した猫のことなの

あんた　本気
いつだって　本気さ　うそついてる時　本気なんだ

じゃ　チョコレート頂だい
あれ　を殺して

あれ　は死んじまっても　あれはあれだし
俺　は生きてても
俺　のあれは　あれじゃない
冷えてしまったままだ

ひとり　と　ひとり

ひとり　と　ひとりは
ひとりひとり

風と風　と卵と卵と

あなたは舟にのり
アンリ・ミショオ島にいった
ロートレアモンの鱶　と木津豊太郎
白石かずこ　と風　とワルツ

首つりのブランコ　ブランコの首つり

私はミショオ島にはいかない
別な島にあがった
誰もいないので名前がわからない
あなただ　あなただ　という沢山の
私がいた
どれひとつみおぼえがない
たくさんの私につかまって
私はつるしあげられる

どれが　私だかわからなくて逃げだす
そして　私はひとりだ

ロートレアモンは鱶をつれてどこかへいった
木津豊太郎は　愛する
道路を愛する　道路のむこうの　むこうのむこうのむこうを

そして　私はおとした
白石かずこの　シュミーズ　彼女のうそ
むこうのむこうは理髪店だ
そこでは　日曜日あるいは月曜日　としても
　刈《か》っている孤独を
　剃《そ》っている空しさを
理髪店は清潔で明るくて
街中の理髪をひきうける
　刈《か》っている幸福を
　剃《そ》っている不幸を

アンリ・ミショオ島にいった
あなたからは消息がない
人間は死ななくても折れ曲がることがある
声帯を失うことがある

変形することがある　小さな虫　愛に
あなたは　愛になってしまったらしい
私は　むしろ豚になる
醜悪で美しい財産になる
肉屋で　うりさばかれる値打になるの　と

私は笑いだす　私は割れる
私はこわれる　私はいきなり私に笑い殺される

ひとり　と　ひとりは
ひとり　と　ひとり
風船　と風船
割れる　と割れるよ

週末屋

週末
週末屋という商売を　ご存知？
ジュリアン・ソレルもジュリエットも
いらなくなった帽子
つきつめた胸を
簡単に　うりさばいてあげるってこと
週末屋は
年とった耳も使いものにならぬ政治家も
太りすぎた家政婦も
恋にちぎれていく胸たちも
皆　一手にひきうけて　さばきます

週末
は棺桶のように寛大
どなたも遠慮なくはいれます

週末は
デラックスな宇宙ホテル
星　もエスプリも未練もにがい反目も
皆　遠慮なく泊めて
もやすとも
消すともしてあげます

ある日
ロバのように長くなった耳をして夫がくる
聞きつかれた作曲家だ
彼　は切りおとされた耳を週末屋にあずけ
今は
聞くことのない大陸へ
シッポのように歩いていく

そして　私もこの週末は
七日間　思いつめたあなたを売りわたす

花びらでできていた
あなたの軽口が　隠していた銃口が
フライパンの上で　音たててとけていく　ジャズ　きくために

フットボール選手

男はフットボール選手
毎朝　草むらで太陽をけとばす
女の子をけとばす
雲をけとばす
むらがる若い時間をけとばす

そして
けとばすことを忘れる　自分のノート
自分の小さな頭
自分のねむったベッドを

男はフットボール選手
毎朝　草むらで太陽をけとばすか
毎朝　ホットドッグをけとばすか
昨日みた映画を
勝手にしやがれ　を
けとばすか

男は　フットボール選手
だが　けとばさない　おふくろを
兄弟を　昨日彼の頭をけった仲間を
昨日　彼の恋人をうばった敵たちを

男はフットボール選手といえないフットボール選手
もはや
けとばすことを忘れた男

だが
男の足だけは　けとばす
若い時間を　けとばす
ちらばってくる年老った時間をけとばす
握手　やおしゃべりを
けとばす

最後に　男の小さな頭を　空高く
星の小さなまぶためがけて　けとばす

ノンストップ

走りだしたまま
とまらない男がいる

ビルの窓から首をだしたが

そのまま　壁を馳けおりて
道路を走り　道路を走りきると　海へで
海を走りつづけ
私は　走りつづけて
とまらない男を　ひとり飼ってる
ノートの上や　ひきだしの中
私のくらやみの間に

私をねむらすことを忘れて
その男が走りつづけるので
私の昼はつかれ
私の夜は拡がったまま戻らない

＊　本詩集は一九六〇年思潮社刊。

もうそれ以上おそくやってきてはいけない

Now is the time

〃時は今〃
吠えつづけて唄いつづけるオーストン氏の
黒いひたいから　時がいま　いまと
こぼれるので
おしゃれな彼のピンクのシャツも全く濡れて
そのズボンの中にしまわれてる
2本のチョコレェト色の足が
グレェトデンのように突然　狂暴に
欲情し　床《ゆか》をけり　はねはじめるのだ
〃時は今〃
今　はどこにいてどこに生えてるの？　なんていわない彼は
彼はちぢれた髪にこてをあて3センチほどの高さにカールをつくる　それ
が彼の今だ
それに空腹だ
あの子はおれとのダンスをことわった

いまいましい
そしておれのうちの庭であの牝犬は
ろくでもない牡犬の子を生んだ
おふくろからしばらく手紙がこない
昨日は mother の birthday だったのに
おれときたら　車のエンジンは快適だ
だのに　エンジンをまわそうにも
世界はからっぽのレストランだ
誰かがたべちらかしたあと
退屈が　汚れた皿を並べて虫歯と話してるというていたらく
おれは白いシーツ
洗いたての空に血をながす女がほしい
愛だけでホット・ケイキのように
たべてしまえるホット・タイムがほしい
が　すべての女
すべての時は排泄する　退屈　不幸　不機嫌
時には風邪をひいて鼻をかむ女がいる

ＳＩＣＫは悪徳だ
おれの中で　エンジンがうなる
油が充分すぎるのだ
〝時は今〟
〝オーストンさんってすばらしいわ〟
クラブの隅ですわってる女の子たちはヒヨコのようにため息をついてすこし尻をふるわせ男たちは彼の唄の中で自分たちのエンジンをまわしはじめる
エンジンをまわしはじめると　男たちは
すべて憂うつだ　世界中の男たちは孤独だ
エンジンをまわしている間は
彼らの母親たちから娘たちまでひきつづいていく廃坑にむかい快楽と絶望するために　はいっていくのだ
男が一台の競走自動車となりロケットとなり
見知らぬ宇宙にむかって戻らぬことのために
飛びたっていくのを
女はやさしいと思ったり勇敢と思ってはいけない

今の時から脱出するのはひどく臆病なことだ
女は時を育てることを知っている
一滴の情事から　愚鈍な頭脳をもった未来を
小麦のように育てると大地の匂いさえしてきて
みんな　それを平和だとかGREATだとか
てっきりまちがえる
一九六一年から五十年たっても五十年あとに戻っても
その時もあの時もその時の時は今だ　だが
黒人の大男　ベラフォンテばりの好男子
オーストン氏の19歳の今は
今をにがしてはズボンのようにずりおちてしまうとばかり吠えつづけて唄うのだ
マイクをかかえ　長すぎる足をもちあげ
彼の中に住んでる細胞のことごとくが
窓を開き　汗をだして〝時は今〟
唄い終ると彼の今は　すっかり減ってばったりなくなってしまうのだが
彼はズボンの中でまだうめいている足や

シャツの中で汗をかいてる胸毛の熱い息に
なだめられ白い歯をむけて笑うのである
(穴のあいた死んだ時の中によこたわってるオーストン氏の美しいイリュ
ージョンなどおかまいなく)
〝おれが全くいい男でなくてなんだろう〟
〝それにしてもうなりつづけてやまないおれのエンジンのためにレストラ
ンよ〟
なるほど人々らはひき離される　時から
　　　　　　　　　　　　　　　今から　が
時にとって今はたえまない結婚である
時が今だと思う時
今が時だと思う時

もうそれ以上おそくやってきてはいけない

もうそれ以上おそくやってきてはいけない

霧男がいった　おまえの人生を
もうそれ以上動かない運河の上に寝せていてはいけない

やがて幕をおろすまでは　そいつを
舞台にのせて踊らすことだ
一本足の星たちが狂気のように踊っていて
彼らの舌が犬のようにたれさがっているのが
みえる　かね　君に
たしかに　狂気らは歓喜している
歓喜は犬の舌だ　底無しの頽廃だ
頽廃のない歓喜はなく　愉悦はいつも
どこかで　何ものかを眠っている

お　逢いにいかねばならない
わたしたちは　確証に
確証がない故に　わたしたちは
突然のアンブレラの骨にキスし

抱擁し　貞操をパンのように空たかく
ほうり投げるのだ

直立猿人
わたしたちが　わたしたちに再会するのはそこである
あれがわたしの中で直立猿人になる場所
突然　わたしが直立猿人になり　わたしに
むかって　吠える場所

試合の終ったあとのバスケットボール・ジムの中はからっぽで　若ものたちはいない
汗だけが匂いを消さないで煙のように住んでいる
ラオスから辛うじて生きて帰ってきた奴は
もうすっかり平穏の中で　生きていなくなっている
奴は奴の生命を　下水管に流し込んだと思い次には
彼は自分が性病になったと思い込んでいる
そいつは文明のせいだし　文明は蜂の巣

になった女の顔に　似ている?

ある若ものたちの一団が一つの旗にむかって
ブルース唄いながら流れていく　一つの信条
一つの星へ若ものたちをいつも
流していく　あいつ　川
掃除屋は誰か

男はクレオパトラに逢う
彼女がリズでなく　リスでなく
クレオパトラでない　なんて反証は
どこにもない
だが　クレオパトラの方は苦しい
男　エヂプトに逢うのは
彼女には知られざる長いシッポがある
恐竜の兇暴な尾をもったクレオパトラに
彼は　安堵の接吻をするだろうか

彼女たちは乾いた沙漠で　ノドのように
密会することになっている
だが彼女の歩いてくる姿　より明瞭に
彼女の後から長いシッポのナイル川が　つづいてくるのがみえる
男は　すべての水をおそれる
あの子宮の近くのやわらかな水　それから
おれの溺死を誘うナイル川
遂に女は　男の前にたつ
男はその時
大河の真中に
青ざめてふるえる　クレオパトラのアップをみる
すでに彼女自身
恐水病に犯されているのだ

何ひとつ　この日常
小さな犯罪だなどといえるものはない
しごく平凡に毎日をトーストし

わずかなバターをのせ
鼠は　毎朝　洗顔を念入りにする
時には髭の手入れの悪い朝がある
夕べ妻君と月賦のことで争ったからだ
許してくれ　こうしたわずかな手落ちは
ところで　こうして
すべての鼠たちは　すでに
プリントされたlifeの中に入っていくのだ
鼠たち
この鼠たちの中にも疎外されたのがいる　例の鼠男だ
奴は　毎日をトーストすることを知らない
只　狂気するのだ　そして消耗する
非常に　消耗する　自動水洗便所で
奇妙な同性愛　奇妙な自己愛　奇妙な宿題
を憐憫してはひねり殺し　排泄するのである
トイレット・ペーパーと一緒に
だが真の狂気を常食にしてる男は　もっと

平然として　コンプレックスか何かのように
毎朝そいつを食卓にのせるのである
が（狂気の方でも）
食卓に大人しくのるには強すぎて
スコッチよりもストロンチュームよりも
宇宙よりも　とつかまえどこのない次元で
兇暴である筈である　ではないか？

四月のある晴れた今日は
復活祭である
イースターハットをかぶり着飾った男と女
夫と妻と子1・2・3がこの日
善男善女善夫 etc になってチャーチにいく
それから一緒にご馳走を食べる　それから
一緒に記念写真を撮る　もう
すっかり神となれあいになる　神の方では？

古代エヂプトには　神があった　たしかに
とクレオパトラがいった　それは陽と同じに
が今　ニューヨークを歩き新宿を歩く
クレオパトラに　神はあるだろうか
猫の死骸のように彼女は神を抱きしめ　愛撫し次には
埋めるだろう　空いた埋立地に
二度と　くさった死体のうじが
彼女に這ってこないように
人々にとっては　神にすら流儀がある
ある男にとっては　神は泥棒だ
男は　妻子をなだめたり　おどしたりしながら
泥棒のところにはこぶ
呪詛と祈り　彼の大事な一もつを

神なんかくそくらえ！
こんちきしょう！
とかののしりながら

ひどく悲しいこともある
それは　けんかをした時である
2人は明日一緒に結婚してもよかったし
明後日　一緒に
交通事故で虫けらのように死んでしまうのも
結構だと思ったばかりなのに
虫けらほどの小さい事から
心が大ゆれになって
宇宙の心音がだいぶ　ことなってくることがある

だから　すこし
暗い星の下で　ニックは〈おやすみ〉
とわたしにいった
クレオパトラ
もうビールを飲みすぎてトイレにばかりいく
なんてことはよしなさい
ほんとはもっとほかの事について

云いたい時は　人は犬のように
鼻をならしたり　シッポをふったり
いきなり笑いだして吠えるのだ
わたしはわたしに〈おやすみ〉をいおう
クレオパトラを古代にねかせよう
だが
今ではクレオパトラは古代でなく
ＢＧや　姦通する妻や　街をいく画学生の中に　まぎれて　数千数万とい
る　そして　そのどれでもない一人である筈だ

今　クレオパトラは地下鉄にのっている
クレオパトラをのせた今日は　たしかに
流れている　なにものかにむかい
クレオパトラをのせていく（あの川あるいは時に似た）あれは　なにもの
か
この時　あのエヂプト王とは何ものだ
誰だろう

あのビルをぶちこわしてはまたビルをつくるプランをたてる男にきく
あのヌーベルバーグの監督の青いカリカチュアにきく？
あの電子音楽に魅せられたミイラのように
乾いたセクスの男にきく？
きく？　きく？　すべての耳を絶望のように
希望のように　そそりたてて　きくとき
すべては答えのないところでみるのだ
Something Wild　なにか
荒涼とした寂寞を
黒い人の背中のように　そこは光のシャワー
を浴びた真昼なのに
どこまでも　どーこすっても薄れる事のない暗さが
コンクリートの
堤防のようにつづいていくのを
そして　依然として
それ以上はやくもなく　おそくもなく
走っている　彼女は地下鉄にのって

彼女の未来に過去にひろがっていく
Something Wild の中を

Wandering for the Sun

フロリダのマイアミには
太陽があるだろうか
いつでもカマクラやカンヌ　東京　ニューヨーク
カイロ　ラオス　どこにも夏があり
太陽があるだろうか

今　ニックのポケットの中には
二ペンスの太陽もない
あるのは黒い石たちになった彼だ
一つは石になった彼の怒り　一つは
石になった彼の涙

ブルース

あれは　あれはブルースだった　ミュリエル
あの太陽のない街で雨にずぶ濡れになりながら　痛い胸を愛でさしあい
争った　小さな事件たち
次第に骨になり
今は胸の沙漠の中でサボテンになって生える
そこだけは乾き
そこだけは冷え
そこだけは　かなしみが咲き
そこだけは　いくらか風があり
そこだけは　みえない太陽が
じっと　そこをみつめているのがわかる
〈猿のように愛?〉
〈しましょう!　doing〉
〈する　する、するてる、してる〉
そして女の子とねることは

あれ　することは
ぼくの中で　直立する　孤独な
あれは　ツノに似ている
闘牛場の牛のあれ　ローマの剣士のあれ

砂がやけていくし　ぼくののどはカラカラに乾く
ぼくをみてどよめく群衆とは　なんという
豚たちだろう
だが　彼らは観客席にいることができる
お金を払うか　招待券をもらうかして
観客席にすわっていることのできるやつだ
ぼくには観客席がない
ぼくが牡牛でなくてなんだろう
ツノをたて　ペニスをたてて
闘技場の真中にぼくは在るのだ
それがぼくのアルだ
だが　他の牡牛たちが　闘牛士にむかい

他の剣士たちが　他の剣士たちに刃むかう時
ぼくは　ぼくの前に立ちふさがる
切ることのできない
つきやぶることのできないあれに逢う
あれは影であるか　あれは存在である
あれはぼくであるか　ぼくからのぼくの脱落であるか
ぼくの栄誉であるか
だが全く　ぼくは空《くう》を切るようにしか
彼に逢えない　あれは　ぼく自身の証《あか》し
確固とした無だ
〝今〟は　長い夜も短い昼もひっきりなしに
電話をかけてくる　わたしに
〈太陽はあるだろうか〉と

太陽？
それはわたしの空耳だ
あいつもそうじゃないし

こいつもそうじゃない
誰もワニの背中をしていない
みんな　メダカのようにかわいい
みんな　骨がくだけるほどのビートする尾がない
みんな　歯がない
鳥たちがとまって唄うドオモオな白い歯が
ない

それでもいいんだろうか
それでもわたしはがらんどうな胸の中の
小さな花たちに　太陽のカケラが
こぼれているといえるか
何万年間も海の底で
わたしは太陽に　逢わなかった気がする
あるいは昨日　街角で　とりとめもない
冗談を云いながら　逢った気もする
だが　奴じゃない

そのことだけは明瞭だ

わたしたちには神がない　ように太陽もない
神は気まぐれで　シャワー室から裸のまま
えらく淫蕩さにみちて　背をむけ
でていったまま戻ってこない
〈ボーリングに？　さあ！〉

ジョオから手紙がきた
太陽はあった　海亀が沢山生みおとしていた
この海岸に
だが　みんな×におかされて　永遠に孵化
しない卵になり
それを知らせてくれた海亀も
もうじき　やられる
その上　ぼくの
マリリン・モンロオが死んでしまった　と

彼はオイオイ泣いてきた　手紙の中で

その時
世界中の男たちにまざって
太陽の泣くのがきこえる
まだすっかり失ったわけでもなくなったわけでもなくて
あの真新しい棺《ヒツギ》の底かなんかで
隠れん坊している
わたしは　わたしの太陽のいるのを
みつけだす
すると
にぎりしめたわたしの手のひらの中
太陽の涙が　一ぱいだ

ニックとミュリエル

苛烈な7月の太陽の下で
わたしたち　わずかな時間をむさぼりあう
獰猛なワニたちであるでしょう
河に血を流しながら
わたしたち　始めての憎しみ　始めての愛
のように　お互のいのち
かみ殺す記憶　わすれることはできない
お　太陽よ　神のないわたしたちの祈りは
自分の尾で　わたしたちの行為を
うちたたくこと
それでも　わたしたち
苛烈な7月の太陽の下で
わづかな時間をむさぼりあう
獰猛なワニたちであるでしょう

ハドソン川のそば

誰から生まれたって？
ベッドからさ　固い木のベッドから
犬の口から骨つき肉が落ちたように
落ちたようにね

わたしの親は　まあるいのさ
月のようにのっぺり
やはり人間の顔してたのさ
人間の匂いがしてたのさ

くらやみの匂いがね
だまってる森の匂いがね

それっきりよ　ニューヨーク
ハドソン川のそば

わたしはたっている

この川と　わたしは同じ
流れてる

この川と　わたしは同じ
たっている

広すぎてはかれないよね　おまえの胸幅
遠すぎてはかれない　おまえの記憶

生まれた頃まで　さかのぼることないよ
わたしの想い出
行先も今も　ただよう胸の中

自分でも　はかれないのさ

ハドソンン川のそば
ちぢれっ毛の
黒い顔の子　やせて大きい目だよ　わたしは

笑うと　泣いてるように
顔がこわれて　ゆれだすよ

唄うと　腰をくねらせ
世界中が　腰にあるように　踊るんだよ

名前はビリー
すぎた日の名は知らない

わたしの生まれた　空を知らない
なんていう木か　兄弟のハッパがあったか　なかったか

わたしの生まれた　うまごやを知らない
ワラのベッドか　木のとこか

それでも　わたしはそだった
果実の頬のように
果物屋の　店先で
買えない果物みてるうち

肉屋の　店先で
切られていく　豚の足をみてるうち

ハドソン川のそば
ひとりで　いまはたつ

すこしおとなになったわたしかかえ
わたしのグランマー　グランパー

いとしい恋人　ハドソン川
わたし　流れていくだろうよ　川と一しょに
わたしの胸の中　太く流れるハドソン川と
わたしの胸の中　わたしと流れるハドソン川と

オーネット・コールマンのロンリー・ウーマンに恋する私の中の数匹の猫たち

それはあなたの中で数匹の猫たち
男を恋しがり
白いパンを愛し
明るい太陽を憎んで　なくのよ

あなたのサックスの中で
あの子　急に裸になり
だって

そっちの方に窓がない
だって
そのベッド　固くって　ひとりよ
だって
そのドア
鍵もないのに　開かれず
わたしのシュミーズ
ひきさかれたまま
ひきさかれたまま

黒いひとりの海
ひとりの沖をかかえて
あの子　ひざまで濡れたまま　しゃがんで
泣くよ　泣くよ
その子の固い熱い涙
太陽のように壁をやくよ
コンクリートの

文明の頭を天然痘のようにやくよ
ニューオリンズ
ここはいい街だけど　そしてあの子も素的だけど

だけど
黒い神様の手は
不器用にいつまでも黒いよ
太陽をまっくろに染めて
夜は白い歯で笑わすよ
ビルの先端《さき》をかみながら
チュインガムのように
ナイトクラブも裏通りも酔っぱらいの唄も
かんで歩くよ

だから　僕のサックスの中
何かに　かまれていたいよ
何かを　欲しいよ

そういって　泣くよ　数匹の猫が
数匹の牝猫《めすねこ》　僕のサックスの中で
腰をくねらせ　踊る
数匹の猫　僕のサックスの中で
まぶたを閉じ　魔薬を吸い
鼻をならす

そして
どうにもならない　僕のひとり
黒くゆれる果実のユーウツ
ふさぐことも　開くこともない
その眼の十字架　それが
暗く　ゆっくりゆれるよ

直立猿人の趣味

直立猿人にも趣味がある
彼はわたしを飼っている

数週間　わたしに前世紀的なエサをあたえ
わたしが交合したり
恋をしたり
敵を喰い殺したりするスポーツを教える

わたしはだんだん飼いならされ
もとの言語を忘れ　わたしの顔をうしなう
直立猿人は　いまや　もはや
わたしのみおぼえのないわたしを飼っている

丘の上に喰い殺されて白く残った骨が
全くわたしだとも知らず　わたしはいまや
晴れやかに　吠えて
生きつづける

禽獣

胴体は　すでに禽獣にくわれてしまった
のに　まだ
首だけはのこっていて
草むらの中
頭と頭はささやかにささやきあうのだ
愛しあい　にくしみあい　いたわり
傷つけあう部分がまだのこっていれば
そこを傷つけあい
などして

憑かれる

憑かれてしまった男がいる
ほとんど　犬のように犬らしく
犬語で　犬になることに
男は　犬になった自分を連れて
うちに戻ろうとするのだが
犬は　もう一歩も動かない
しかたなく
男は　犬の首だけひきちぎって抱えて戻る
自分自身に
往来では　犬の胴体が
首のなくなった今も一歩も戻らずに
血を流しながら　なにか
シッポで空を　掻いている

雨が降っている

雨が降っている
それは悪いことだ　と
アルはいう
黒人の大男のアルは
おれは　悪い男だ　という
はたして
全く　悪いか
雨　は全く降っている
雨の中でスパゲッティのように
その悪い水滴にからまれて
アル　は歩いていく

おれは全く悪い奴だ
いっそのこと　流してやろう
雨は激流をつくってアスファルトの道路から

マンホールへ流れこむ
アル　はそこですっかりシャツと一緒に
自分もぬいで
その雨水の中に投げすてる
アル　はよどんだ雨水の激流と一緒に
またたくまにマンホールへ
はいってしまった

アルは乾いている
昨日から一滴の愛もついでないのだ
雨もふらないし
空ののどはめっぽう乾いて
アルの体から少量ずつ
汗なども　吸いとっていく
アルは　おれは悪くないんだがという
全く　アルは悪い筈はない
アルの舌は次第に乾いていく

アルの涙も汗もみんな　空へ吸いとられて
のぼっていく
アル　の涙や汗は空へのぼりながら
乾ものになって地上にいるアルをみつめる
ちっとも悪くないんだがなあ　アルの奴は

酒場で
二人の男が　ハイボールをのんでいる
おれは　昨日の　雨の中を
マンホールへ流れこんでね
すっかり濡れたんだが　おれはみてたよ
おれは　悪い男でね　その悪いが流れていくとこをさ
おれは全く悪くなんかないってことよ
だが乾いたんだ　すっかり乾いて
一滴の雨もないのさ
ない上に　空からは吸いとりにくるのさ
おれの体に残ってる汗　涙　それらもおれを

離れて水蒸気になってのぼっていくのを
おれは　罪もないのに乾いたおれの男根の
そばからのぞいたよ

酒場で
二人の男はハイボールをのんでいない
また　あまり濡れも乾きもしない中を
ハイヤーをとばして私は次の駅へむかった

彼と地下水道を流れていくもう一人の彼

今朝もおれは
地下水道を流れていく　生あたたかいおれの首　おれの腕
彼は食卓の前で　新聞を拡げる
カストロ将軍の髭の写真

彼　はその中に将軍の暗い垂幕をみる
かつて
彼の指の中　フォークの先にも住んでいた
そして　未来にも住むであろう
残忍な豚　豚の勇気

彼は朝食をすますと　ナプキンで口許をぬぐう
口許と一緒に別な皮膚の別ないやな奴もぬぐう
下水を通って　そのいやな奴が流れていく
そいつは　流れる前に　ちょっと　おれに　ウインクする

それで
おれの目は今朝から電波をうけて　けいれんをやめない
電車にのっている間も　彼は思う
おれは
今頃　地下水道をのんびり流れていく

おれの生きてる間ぢゅう
地下水道を　ただよっていく
もう一人のおれがいるなんて
それは　鏡のむこうの彼
夜　ねる時　まぶたをつぶる時
まぶたの裏側にたち
くろぐろとふさがる彼

電話が鳴りつづけ
おびただしい書類が
彼の前につみ重ねられる
そのすきまをぬって
おれの汗　とおれの時刻がこぼれる
それはフロアをすべって
地下の方へと走るように寄って

午後6時

地下鉄でサムはサムに逢う
おれは　カラッポのおれに疲れきった肉体をのせ
辛うじて満員の電車にのりこむ
地下鉄が　俺をのせて地下のレールを走る時
地下水道は　もう一人の俺のブヨブヨした体を浮かせて別な方角に流れる
流れている　おれの首は
永遠にものうく眠りつづけ
おれの腕は
流れながら　もう一本の腕と
ポーカーをやるだろう
首や胴体　あるく役目をする事のいらない足らを賭けて

地下水道の　厚い壁に　腕は時々もたれ
あとから流れてくる　首を待つが
首は　永遠に答えない
首はただ眠りながら時々　生あたたかいブルースを唄い
腕をみすごして　流れていく

腕はあとから魚のように追い馳けていく
彼はめざましをかけてねむる
四角い部屋の　四角いベッドに
四角くなり

そして明日
彼は　めざましと共に起きるだろう
何　が始まるか
何　も始まらないという事のためにまた
彼　は起きるだろうか

彼　は始まっている　あるいは
始まらない時も
彼　は彼をねむりつづけ
彼　は地下水道にもう一人の彼をただよわせつづけ
彼　はみえない地下水道の彼へ挨拶するだろう
彼の鏡の中で

とざされた　またの裏で
〈おはよう〉と

この許せないもの

正直いって
おれは　あれが好きじゃない
全く　うそだといってもいい
おれ　はあれとかかわりたくない

そのような　あれが
あんなに　正装して　ぼくの玄関へ
ノートへ　土足で　はいってくる
〈失礼な〉
といいたいのに
おれ　の椅子にすでにすわって

おれ　のパイプで
おれ　の言葉を吸いはじめてるではないか

その上
おれ　の女をもうくどきはじめてる
また　彼女は　だらしなく
パンティなどをぬぐ
すると　おれなどは汚れて
くずかごに捨てられる

正直いって　おれはあれが好きじゃない
ようやく
くずかごから這いでる　と　あれは
退散したようだ
が　彼女は
彼女ときたら
おれ　のパイプにとまったあれの言葉と

おれ　の言葉に交互にキスしながら
ゆっくり
なにか　なんでもないといった風に
ふかしてしまっているのだ

ウインナ・双生児

彼はもう出かけてしまったから
留守です　と
おれ　女にいった
あんた　弱いのね　あたまが
私　あんたに逢いにきたの
だから　留守なんですよ　おれは
おれは彼なんだ　と
彼女わかんないかな
あの男は　はだしでおれを駈けぬけて

別な街へいったのだ　買物に
あんたを愛したまま走り抜けていったんだ
別な失意を買いに　と
いうことはわかんないらしく女は
おれのほっぺた　ひっぱたいてドアしめて
帰っちまったよ
彼は帰って来た
ほとんどひき殺されいくつもタイヤの跡のついた顔して
それでも　おれはおれなんだとかいって
その上　留守番してたのに
おまえ　どけ　という
おれ　は便所の中にはいっちまお
そんなにいうなら
だが夜中に　必ずあいつは気絶するんだ
するとかわりに　おれ　この気のいいおれ
かわってやらなきゃなんないものさ
絶望の鳥たちを沢山とまらせてる

鳥籠を頭にはめてあの男は
スパゲッティにしばられてもうこの皿から
今にでられなくなるんだと苦しんでいる
実はおれ　うまそうに食ってるだけなのに
おれ死んでも眠ってもあの男は眠るもんか
なんていっておれをなぐるけど
だからおれ頭いたいんだ　それから
あの男はもう一人のおれがいるばかりに一層孤独にひしがれていく　とか
いって
グレラン飲みに台所にいっただよ

つねに今は　雨なのだ

つねに今は雨なのだ
降っている　僕が　そして
降られているのもまた僕だ

僕はライオンになって雨にかみつく
雨は女・えもの・または憎悪だ
そして
憎悪　は沢山の憎悪をひきつれて　いちどきに　降ってくるのだ　僕の上
に
また　沢山の僕もほとんど
降ってくるのだ
つねに今は　止むということはない
僕に　僕が　止むということはないように
僕に　僕がふりつけると　また
新しい僕がふりつける
雨
僕　は空でたちどまる僕をみる
あいつ降ってくる気か
地上で僕は空にひっかかって思案する僕をにらみながらみる
だが空の僕は
ほとんど撃たれたように突如　僕の上におちてくる

僕は　それを受けとめないわけにはいかない
だが
僕の上にのるには
僕は重すぎる
僕をぶちこわすには
僕は僕と兄弟でありすぎる
今は　雨の中を自動車にのってやってきた
この街は　はじめてだし
ジャンヌ・モロオに逢うのだという
ジャンヌ・モロオは果して実在か
一枚のペエパア・ナプキン
あるいは昨日の濡れた背中ではないか
だが　今はあきらめない
今は
この街に確かに
ジャンヌ・モロオは住んでいて
彼女の靴下のサイズまで知っているのだという

だが果して
彼女に靴下をはく足があるか
首から上に顔があるか
また　生きていて言葉を
蛙のように　口から庭へ自由にとばせるか
ジャンヌ・モロオは
すでに印画紙の向うに
けむるだけであるかも知れない
また
紀元前の椅子に寝そべる恐竜でその歯は
全部いれ歯であるかも知れない
にもかかわらず
今は　今　電話をかけている
ジャンヌ・モロオのところに

雨が降っている
降っていない　などということはない

つねに　今は雨であり
降りつづけるのだ
僕は　僕の今であり
僕の　今の上にふりそそぐ
すると　数百数千のジャンヌ・モロオの死体が泡になって流れだすのをみる
だが　泳いでいくな　モロオと一緒に
ただ　降るのだ　まっすぐに　モロオの上に
そして　いくのだ　僕
は　僕の上に
ほとんど降られながらかみついてくる僕の上に　絶望の猛禽類のように
今　と僕とで
降っていくのだ

空をかぶる男

あの男は　空をかぶっている
空は　重い帽子なので
男の顔はみえない
首から下が地面にしたたり
石畳をふんで
こちらへ歩いてくるのだ

こちらは今だ
こちらのむこうは明日？
明日はなにか　犬のような？
シッポをふってくるのではないが
明日は必ずやってくる今日であり
昨日になるシッポなのだ

男はやりすごす
数本の下品なシッポらを
今日のロッ骨にからませながら

そして　男はつぶやく
なにか　何が何かを
何が　何故かを
そして　胃袋に突然おちる
男の帽子をみる
それは空ではないか
みあげると空がない
あの重い帽子の空が
男の頭からとれる景色を
男はカニのようにかもうとする
だが　男はあの重い空の帽子に
顔を忘れてきた
わけても顔の中にすわっていた
丈夫にむかいあった歯らを

男はやがて
胃袋の外に流れている

帽子に逢う
空は　い然として重い帽子なので
男の顔はみえない
首から下が地面にしたたり
石畳をふんで
こちらへ歩いてくる

だが
いくら歩いても近づくと
信じられない遠さから　今日へ
あの空をかぶった男は　ほとんど
不眠症のように　首から下をさまして
今も歩きつづけてくるのだ

Fishing

黒人の大男のアルは
魚つりにいく　ともだちと
ともだちは　黒人の大男のビルだ

ビルとアルは
魚をつる
糸をたらして時間をつる
時間は女のようにだまってうごいていく
ビルは
〈まだだよ　多分　大きい奴だ〉
アルは
〈天気いいしさ　あいつはひょっとしたらひょっと落ちるよ〉
目をほそめて陽の方をみる
まだ　おちない
たしかに約束したあの眼は

あの陽と同じだ
〈多分ということもあるよ〉
とアル
〈たしかなんだ　大きい奴だ　だがまだだよ〉とビル
アルはおもう
おふくろはたしかに大きい女だった
だが　あのベッドのむこうに歩きだしてから
急に　小さくなった
小さな花　あるいはスプーンに
カルメンのように
笑いだしたのは何故だろう
スープのせいじゃない
あの　おとこ　だ
〈ライオンを飼ってたことあるかい〉
〈ケニヤ生まれじゃないよ　せいぜい猫だ〉とビル
〈名前はピッチ　うす汚れた宿無猫で盗みは俺より上手さ〉
〈そいつは釣れたかね〉

〈全くだめだ〉
おふくろは何を釣ったんだろう
スカートに一ぱい
それはパンににてたがパンではない
サモンか　サモン料理は得意だが
あの男は　サモン料理となると鼻をひくひくさせて
あの鼻はいやな鼻だったな

〈象の鼻の方がよっぽどいいや〉
といったら　へんな子
なにしろ　それっきりおれは寝かされたんで
あとのことは知らない
あの子が洗濯物をかかえてはいってきた
ときはじまったんだ
のぼりはじめたんだ　あの陽が
〈かかったよ〉　とビル

〈まだ　はじまったばかりさ　むしろ　おれの方は何もはじまってないんだ〉
とアル

ビル　と　アル　は糸をたらしている
糸の先に　一匹のアルと
　　一匹のビルが　だがそれらは
無数のアル　とビルになって泳いでいく

ジョオの想い出

ビリはスコッチをのんでいる
ビリはスコッチをのんでいる
ジョオはいってしまった
あっちへいってしまった

遠くへいってしまった
ジョオはジェイルへはいってしまった
どおして？　知らないよ
あんまり　うれしくてけんかしちまったんだろう
多分うれしくって
でも　あんまりいいことはない筈だ
奴の手紙にはそうかいてあった
すこしはいい時をすごした
が　あんまり沢山はよくないと

ピーナツ型の頭って気に入らないわ
そういってジュンは去ってった　ジョオから
ジョオはかなしかったにちがいない
腹がたったにちがいない
だって　そいつはジョオのせいじゃない
頭のかっこうが少々気にかかるってほかは
彼は充分ハンサムだし

ヒョオキンだし　また
バスケットボールの選手だし
唄もうまく　ダンスもうまかった
言うことはない　がただひとつ
忘れられないことがひとつある　彼については
そいつは大喰いだ
グリーン夫人は云った
〝冷蔵庫の中に何もいれとけないわ　あの人のいる時間は〟
グリーン夫人が向うをむいてる間に
ジョオはやきとりに手をだした
でもわるい奴じゃない
彼は食べたあとの皿を片づけることを知っている
彼女の子供のために殺されるインディアンになってやる
きれいな女の子には　必ずおせじをいい　キスをする
柔道がうまい
腰がしなっていて　みかけよりか　中味は
すばらしい

ビリはスコッチをのんでいる　さっきから
ビリはスコッチをのんでいる

兄貴のボビから昨日手紙がきた
ボビはビリの双生児の兄弟だ
この世の中にビリのようなへんな奴は
ひとりっきゃいないと思ったらもう一人いる
へんな気持だ　だけど今じゃ大分ちがう
生活がちがう
ボビには子供が生まれた　おれにはいない
おれは結婚してないからだ
つくってないからだ
おれには本当につくれないのかな　種がないのかな　ちがう　あの女のせ
いだ　あの女がわるいのだ　やっぱりあの女にするのはやめよう　スコッ
チの方がいい
スコッチをのんでよう　すると　だんだん

わかる　ビリの中にしみていくものが　なにか　そいつはスコッチだ　ビリにはわかる　そいつはスコッチだ

兄貴のボビの話だと
この間、結婚した妹に双生児が生まれたそうだ
双生児がほしいほしいって妹の奴はいつもいってた　そしたら生まれた
どーしたら双生児ができるんだろう
わかんない　そこんとこの操作は
もすこし　スコッチをのんでみなくちゃわからない

〈ミュリエル・ミュリエル・ミュリエル〉
ミュリエル　どこかで聞いた名前だ
ミュリエルあれはあの女じゃない
ぼくの生まれない前から　ぼくの中に住んでる　ぼくの生きてる間中の遠い道を
どこまでもついてくる名前だ
ミュリエル

すると彼女は　すばやくぼくのそばにやってきて
ビリ　どうしたんだって
すべては　くそくらえだ
きみなんかじゃないよ
もっとちがう別な別なミュリエルだよ

そうおもう時の方がぼくはかりそめのミュリエルを抱く　一層つよく抱く
そして　ジョオはいってしまった
多分　おれのしってるジョオは戻ってこないだろう　おれのしってる21歳
のジョオは
ここにいるかりそめのミュリエルのように
ちがうジョオになってしまうだろう

ビリはスコッチをのんでいる
ビリはスコッチをのんでいる

一九六二年の6月18日はいまだけだというのに

ビリときたら
ビリはスコッチをのんでいる
まったくなにもかもなんでもないという風にクールに　すくなくともおもては
ビリはスコッチをのんでいる
　　　　　　のんでいる

バァベキュー

ツイスト　ポニー　マジソン
チキン　マシュポテト　チャチャチャチャ
バァベキュー

チキンもポニーも焼いてしまおう
ツイストも彼も彼女も　鉄板の上で

ジュージュー　油をたらし　音をたて
焼いてしまおう
わたしとニックは焼いてるんだ　今も
わたしたちの肉　わたしたちの心臓　わたしたちの原罪　わたしたちの骨
　わたしたちの愛　わたしたちのすべての敗北
生きている証《あか》しを
焼いてるんだ
やきあっているんだ　それが
わたしたちのバァベキュー

ツイスト　ポニー　マジソン　チキン
マシュポテト　チャチャチャチャ
を　まぜて
バァベキューをしよう
バァベキューをたべよう
肉をやこう
その空をぬいで　帽子をやこう

太陽はすでにやけている
そして　ぼくらは奴にやかれてる
〈全然　匂ってきたじゃない！〉
〈うまい具合にやけてくわ〉

いたい！　イタイ！　イタイ！　イタイ！
小牛の肉は声をたてる筈はない
鶏の足は声をたてる筈はない
羊のやさしい胸だってしゃべる筈はない

だけど　いたい！　いたい！
と聞こえない声をあげて　鉄板の上の肉たちは　わめく　やさしい動物の
分身たちは
うめく
うまい具合に調味されたたれをかけて
てりあがるニク　ニク　ニクニクニクニック

〈ケチャップがいいわ〉
〈ショーユソースよ〉

ニック
ニック　と　ミュリエル
今　やけていくのは
ニックのなかのミュリエルと
ミュリエルの中のニック　の2人の太陽
うそつきあってる　ちっぽけな太陽
いくぢなしの太陽
なにもかも　ちぎれてやかれるよ
鉄板の上で
肉をやこう
小牛のような　わたしたちを
わたしたちのような羊を
羊のような　わたしたちの肉を
鳥のような　わたしたちののどを

足のような　わたしたちの
やせた胸を

鉄板の上
でスコッチを飲みながら
わたしたちは　やける限り　やくのだ
わたしたちの　その日しかない　にくを
したたりおちる　一九六二年の　いのちを

＊　ツイストを始め、ポニー、マジソン、チキン、マシュポテト、チャチャチャチャは全部ダンスの名前です

ボブとキャンディ

そんなにゆっくり歩いていいの？
と神様がきいた
が

ボブはさっきから走りつづけていた
息がきれてこれ以上走ったら　きっと
ああ　ああ　なるだろうと
あの横に倒れたまま息をしない牛　みたいに
みんなは　そのことを　牛をみて
〈コ、ト、キ、レ、タ〉という
その牛のように

だが　決してゆっくり　歩きたいわけじゃ
ない　休息も　必要ってわけだ
ってことが奴には　わかんないのかな
ああ　神様　ガッデム！

その頃　ボブの女房は
ちいさな赤ん坊をかかえて
ボブは生きてかえってくるかしら
あの競走にまけたかしら

それともレースの途中で
フィリッピンの美しい女の子に
誰かが　まいっちゃったように
誰か　突然の美女にまいって
もう　2度と戻ってこないのでは
ボブのこの17歳になるオクサンを
みんな　キャンディとよんでいる
まるでこの小悪魔は　まだ砂糖菓子の味が
ぬけないみたいに

キャンディは
みんなにあやされ　なめられ　食べられて
やせるのでなく　いま　恐怖
愛の恐怖
所有の恐怖
絶対の恐怖　から
日ましにステッキのようにやせていき

もうキャンディの体には　赤ん坊にあげる
ミルクさえ充分でないほど
骨の女になりかかっている
長い髪をふり乱し　泣き叫ぶ赤ん坊をあやし
〈あ、ミルクをのどにつまらせたりして〉
赤ん坊の背中をたたいてミルクをはきださせている間
彼女は　嘔吐をつづけていた
心のうしろの暗い部屋にひとりですわって

彼女はボブとねた夜
彼のあさぐろい　たくましい腕
黒くカールした髪
彼女をみつめることをやめない動かない
熱い眼、突然のはげしい夜
それから　わづかなことから口げんかして
枕をなげつけあったこと
幸福すぎて

その頃は赤ん坊がいなくて退くつしすぎて
お金がなくてカラッポのコカコーラの瓶を前にして
すこし　ヒモジイけど〈しあわせ?〉だったかな　あれは
畳にひっくりかえって　マンガの本をみてたこと
それから最初のつわり
大きいおなかをして奇妙な蛙は神秘的な
あるいはスットンキョーな顔して
牡蛙と　歩いたっけ
あの白く乾いた道　また　濡れた道

彼女は　それらのすべてを　次々と
嘔吐していった

そして今　ボブは　そばにいる
〈あなた　は　ほんと?〉
〈ほんと　に　ボブ?〉
ボブはニヤニヤと笑ってた

神様の奴
よくも　おれをけしかけて　歩かせた
おれは　あんなに必死に
走りつづけていたというのに
〈時には体息も必要だ〉ってことがあいつには
今　が　今から先の道が
気が遠くなるほどの永遠に思えてくるその時
恋をすることも　生きることも　走ることも
それから　よこたわることも
なにもかも　意味のない時間になり
誰もホーキをしたくなるとき　それを
ある人は〈ねむり〉へのさそい　というとき

おれは麻薬のように眠っていきたかった
あの時　あの時ばかりでなくこの時も今も
すべてを無為と思う時　は

無為からの脱出に　ただ何も考えずに
ねむりをねむること

ねむりと覚醒の谷間に今　ボブは
小さな靴のように立っている　あるいは這っていた
ごく小さな虫のように
この虫はメキシコのある田舎で生まれた
よだれをたらし　はいはいをしていたかつての
このあさぐろい小さい虫は20年前のメキシコの田舎での生命の最初の
じきと同じ　生きるあえぎの中を這っている
キャンディとボブ2世をつれて

が　そこでも　相変らず　神様
奴はきくのだ
ボブは息をきらしながら実は今も
走りつづけているというのに
そんなにゆっくり歩いていいの？

と

＊本詩集は一九六三年思潮社刊。写真、沢渡朔。

今晩は荒模様

tonight is nasty

鳥

バイ　バイ　ブラックバード
数百の鳥　数千の鳥　が飛びたっていく
のではない　いつも飛びたつのは一羽の鳥だ
わたしの中から
わたしのみにくい内臓をぶらさげて
鳥
わたしは　おまえをみごもるたびに
目がつぶれる　盲目の中で世界を
臭いで生きる
おまえを失う時　はじめてわたしはおまえをみる
が　その時　わたしの今までは死に
新しい盲目の生がうごめきはじめる

バイ　バイ　ブラックバード　と舞台で
彼は　きわめて一羽の鳥になって唄い

聴衆は幾万もの耳になって　彼の鳥を追う
その時　聴衆は盲目の幾百万の羽だ
観ることのできない聴衆がそれぞれの
羽をはばたかせて鳥の亡霊になり
あの舞台の一羽の声を追いながら　暗い客席
を舞うのだ
だが誰かにわかるか　どれが亡霊でなく
ほんとの鳥か　　　　また
バイ　バイ　ブラックバード
ほんとに　ここから飛び去っていくのは
なにものか
唄っている彼にもわからない　只　彼は夢中
で唄っている　そして感じるのだ
なにかが飛び去っていく今　それは確かだと
それは彼のすべっこい時であるかも知れぬ
彼の魂のごくやわらかなロースのとこかも知
れぬ　また　うしろめたい罪の星の記憶かも

知れぬ　また一番前にすわっている子のチューリップ型の脳髄から飛び散る　なまあたたかい血であるかも知れぬ

バイ　バイ　ブラックバード
わたしは鳥である
わたしが　わたしを拒否しようと
むかえようと
このついばむことをやめないトガッタ嘴と
はばたく習性をもつ羽を
わたしからもぎとることができない限りは
わたしは　今日　鳥である
わたしは祈りになり　日に数回　空につきささり　空から突きおとされて墜ちてくる鳥
また　墜ちてくる鳥をかかえる内臓だ
わたしの中には　これら墜ちてきた巨大な鳥
小さな鳥　やせてひねた鳥から　傲慢で

やさしい鳥まで
あるものは半ば生きてうめきながらいる
わたしは日課のようにこれらの鳥を鳥葬にする
一方
日課のように未来の鳥たちの卵をあたためる
わたしは未来を喰い破る奇怪な鳥の卵ほど
いとおしんで必死にあたためる
バイ　バイ　ブラックバード
わたしは奇怪な鳥になって
わたしを喰い破るあいつを一度飛びたたせよう
と思っている　ほんとに
血がふきでるほど　あいつを飛びたたせなくて
は
バイ　バイ　ブラックバードを
粋に　唄ってやりながら

あっちの岸

多くの年へた死者たちの霊魂をおしわけて
ぼく　あっちの岸にわたっていく
死者たちの森　かつての生者たちの亡びて
いきつくところに
このぼく　まだ一度も誕生すらしたことない
ぼく　いくのだ

子宮のアカツキにぼく　混沌と血の香りかぎ
肉のフトンに抱かれながら　ほとんど
海の底の　まだ　めざめない太陽になって
ねむっていた
嘔吐とめまいの波の押し寄せる中
幾百万年来の天地創造の刹那を
アミーバーから恐竜時代にさしかかる暴風雨
の季節に　ほんの一握りほどの肉のよろいの

中で　ふるえながら
ぼくは海綿のように胎盤にしがみつき
たえてきたのだ
まだ　固体にすらならない前は液状の銀河に
なって　低い子宮のドームを不安にもえながら
飛行した
また　混沌から　かたちになりはじめる
熱い泥の季節では
目も鼻もなく口も脳髄もないので
ぼくは全身をソウルのスコップにして
嘔吐しながら血の王にぬかづいたのだ
ぼく
いまもって目も鼻も口もないが　すでに
アミーバーでも　魚でもなく
未来の人になりはじめている

今ほど　ぼく

父から遠く〈何億光年くらいかな?〉
また父に　近い時はない

まだ人にならないぼくは
母の子宮の宿で　混沌と生命を創る作業をして
いるのだ
この母でさえよく知らない　やわらかな
血のドームの内側は
外の世界より明るく　潮の満ちた宇宙だ
いま
子宮の外側では引潮がはじまり　その中を
父が死の鎖をひきずり　時の流れにのせられて
サンマのように泳いでいくのがみえる
名もない海草の妻の
かぐわしい髪を愛撫しながら
だからこそ　夜の闇の深みの中で

父はあるけどみえない目で
あるけど　ふれえない母の心に
手さぐりで　にじりよっていくのだ

月あかりの砂漠で
2本のサボテンがトゲだらけの体で
風にふるえながら　ふれえない愛についていて
しゃべっていたり
また
2匹の海亀が沖にむかって非常にゆっくりと
暗い沈黙を　たべながら連れだって
泳いでいく

それは　ほとんど絶望的な決意に濡れて
熱くどろどろに光っている　父と母たちだ
だが　彼らが死への沢山の年月を
これからへる前に

彼らの意識の外　また無意識の谷間をよぎり
ぼく　まだ
誕生すらしたことない　ぼく
子宮のせまいノドより　いきなり死に
下水管を流れる汚水のように
永遠に名づけられることなく
罪をおかすことすらなく
光と空気の甘さを知らず
いくのだ

いきなり　あっちの岸に
年へた死者たちの霊魂の森へと
このぼく　いくのだ

ここは熱すぎるか　寒すぎるかする

ここは熱すぎるか寒すぎるかする
おれには似合わない土地だ
突然まぢかにくる太陽にうなされて
くたびれ　熱をだすと　次の日には
あいつは冷たく　そっぽをむく
おれは臓腑に風のはいる音をきく
決ってそのあと
おれは風邪をひくか　アレルギーをおこすか
胃腸をやられるかする
とにかく　女が要る　いい子が要る
そいつは　ほんとうだ　だがそいつはいない
おれは猿でなくて人間だという証コは
この土地にはない
おれがナンバーで片づけられる数であり
数から脱出したアルファだというアリバイは
ここにはない

おれはスコッチを井戸のようにのむ
それから　くさった果物とインケンなノラ猫
たちのいる　街におりていく
街の戸口には世界中の他の町と同じに
キラビヤカで　みすぼらしい女たちが
猿のようにブラサガッテイル
その中に
頭にきている女がいる
女の頭の中では
ネーブルが熟れて　しきりに両手をあげて
鶏がバタバタさけんでいるのだ
女は客にいう　たとえばおれに
〈連れてかえって　あたしんちへ〉
〈あたしについていておいで　でなくちゃ
殺ってやるわ　おまえさんを〉
〈そいつはごめんだね〉
それから男はヘリコプターをのみこんだような

声をたてて女を笑う
女は一たん外にでたが　くらやみから
ナイフを喰わえて入ってくる　まっすぐに
笑った男にむかい　まっすぐに

ここはいぜんとして
熱すぎるか　寒すぎるかする
おれはあれ以来ナイフの女に逢わない
だが
ドアの外に一たんでたおれが
ナイフを喰わえて　おれの中に入ってくるの
に　たびたび逢う
そのおれは　まるで過去から未来にまたがる
何十年を倍にしておった老人のようだ
また生まれたままのうぶ毛をつけた金色の肌
の裸の児でもある
それは淫靡な蛇の親しさで　おれ

おれの中のSomethingをつけねらって
はいってくるのだ
そして　おれさえよく知らないSomethingは
おれの心臓をけり　同志のように
おれの首に手をまわし
空間をくま手でかきまわしながら
なにか不穏な太陽にむかって　声のない
絶叫をするのだ

〈奴を入れるんじゃない
ナイフじゃなくて
女じゃなくて
問題は奴なんだ
奴だ
奴を入れるんじゃない！〉

父性　あるいは　猿物語

おれが長いこと飼っていたものが
わかるかね？　牝犬だ
ベッドの中を這いずりまわり
おれはあれの蚤一匹も　のがすまいと懸命だ
そのためにおれは凌辱のシャワーを
浴びることができるなら
カンガルーのように袋にほまれたかい愛を
かかえる母性になれなくとも
鼻をすすったり　泣いたりしない
すべての袋は　すでに母性のものだ
おれは母性と袋をもたない不毛な父性を
かかえる一匹の手長猿である

〃シェーク、シェーク
これがシェークよ〃

と皆　体をゆすぶり踊る　モンキー・ダンスを
誰も哲学の次には猿を求める
でなければ　どうして生きつづけられよう

あの女は　おれを愛しすぎた
しだいに仙女になっていく高貴で貧困な
おれのかつての恋人よ
おまけに彼女が詩人であるときては
まるで　手がつけられない
おれは夜ごと　あの女がアルコールや
他の男たちの精液の中で溺死し　もう
浮かびあがれなくなるのを待っている
仙女や魔女に　あたかも神聖な汚物のように
愛されるのは　マッピラだ

(男というものについてきかせよう)
女は男のことなると　まるで知らない

愛のチョークで黒板をメチャクチャに粉だらけ
に混乱さすだけだ
すべての男は　平原を快速で走る裸馬
（としたい）であるのだ
その時もっとも　ゆたかに未来にむかって
ボッ起する　一人　ホーキのような尾をたて
不毛な父性を忘れ
その高揚の数字についてタイプをうち
明記することはできまい
他の宇宙にむかい　父性をつめて　もし
ロケットが発射されるなら
〝バイ　バイ　女性よ〟
この唄は　もう　はやらない Old Song である
女たちは再びアクビをくりかえすだけだ
父性は人々の意識に噴水して以来　いつも
消去への熱烈なスタートをつづけてきたのだ
から

だから　だが　おれはすっかりまいっている
このつかまえた一匹の蚤をどうしようと
愛すべきこのかわいい一匹を
おれのベッドの牝犬にかえしてやるべきか
この蚤の体いっぱいに
彼女の血の宇宙があざやかに輝いているとい
うのに
夕焼のように
すべての母性のはじまる空
子宮の暁の　ほどよい温度と混沌
その膣の紅色の天蓋

おれは戻る
おれは　ほんとは何も飼っていなかったところ
ベッドに　ベッドは白い
そこに尾のない一人の女がねむるか？

あるいはねむらないか？
が　いつもベッドは一人のためのものである
おれは手長猿である　ので
おれの手は四方にむかって
暗がりを手さぐり盲目のアンマのように
甘美に　執ように
を　求めてのびる　のだ　その時
おれは蜘蛛ですらもある
自分の頭をたべながら　尻から何か吐きだし
しだいに手さぐり　のびていく蜘蛛猿である

その時だ
おれは父性の中に母性を抱きこみ
両性の中で　生をはじめて営みはじめるのだ

ストリート

暗い通り　みすぼらしい街
雨が降っていて　すこし寒すぎた季節
レインコートを着て　黒い傘をさし
いくら手をふってもタクシーがとまらない
ので　歩きだした　わたしたち
からだを　ぴったりとつけて
の前に　どんな未来が?
ずぶ濡れになりながら歩いた時のことよ

〈暖かいホテル
ぬくもりあった
からだ
愛についての数々の言葉や
しぐさは
何ひとつ

おもいだすことないのに〉

池

帰りな　といった
今晩は　おまえといたくないから帰りな
といった
おまえは鼻をすすって泣きながら
帰っていった
おれは　帰るところがない

おまえが　おれの心から　泣きながら
でていった道を　何度もなすった
おまえの涙のしみが　おれの中のあっち
こっちに　ついていて
そこが池になっていたので　その池の部分

だけいつもより重くなってる心をかかえて
その晩　おれは眠ったのだ

冷房装置の中のラプソディ

非常に
いなくなるニック

わたしは
ルームクーラーの中で
おまえへの思慕をそだてている
もはや
それはマッチをつけても
発火しないサボテンであろうが
ひきぬくと
なまあたたかい血のでるウインナ双生児であ

る
わたしの背中についている影でなく
おまえは　肉や血のパンなので　射殺
するわけにはいかない
おまえを憎悪の葡萄酒にいれて
わが子のように飲む
子宮の中の　まだ生まれでない胎児のように
おまえの未来をあやしみ　いぶかりおそれる

一日は
おまえが　再び　ひとつの現実に
生えでないことを祈りつづけ

一日は
おまえが　いまよりはみでて滅びるために
こそ
一つの現実に生えでることを祈る

ルームクーラーの中で
日ましにイライラとユーウツにとけていく
わたしの脳髄に腰かけて
時をくすぐりかみながら　沖をみると
はるかに　泳いでいく
鯨をみる
黒い鯨の頭は　たしかに彼の頭皮にほかならない
わたしには　いつも
どこへともなく　泳いでいく
彼の頭皮がみえる

その内側でサク裂する　あの音もその音も
わたしには　きこえない読経であり
ない夏の午後であり　みえない猿の笑いである

むしばまれる若い脳炎であり
歯髄炎をおこしたいたいけな哀しみである
かも知れないが
わたしは常にみない　内側を

わたしの歴史を流れていくのは　いつも
あの魚雷に似たものがなしい一人の男の頭皮
にほかならない　その下に顔がついていた
として　それが何であろう

わたしは
ルームクーラーのいきとどいた
なにかのなれのはての午後にほとんど
恋愛を発作する
急性気管支炎のように
不意の怠惰をゆるがせて
ほとんど

鳩のように　その少年の陰茎と涙を
ついばみはじめる
胸には　一枚のやさしい羽も　もたずに
欲情と赤い血をない空に噴出させ
未来を大量に殺害するのは
いい知れぬコッケイな
歓喜の激痛である

非常に　電話線を
羊水のように流れている声がある
それは　わたしの〝いま〟である
わたしの愛である
愛人である　愛猫である
愛鯨である
それは彼ではない　彼女ではない
なにものも　これらの時を　所有できない
そのセツナはあるだけで

わたしたちはその周辺にむらがるだけで
ミタサレタと思ったり
所有すると思うものにすぎない
すべては　あの永遠とか絶望とかに　所有さ
れている
わたしとHeとの知ったことではない
が
いま
けだるく　あつく　ながれる　あの羊水は
わたしとHeとの脳髄のけずれる部分から
放出する分泌物である
愛である

ルームクーラーの中で
サボテンになっているニックについては時々
ホワイトはなぜかと笑う
たしかに　サボテンは絶叫しないし

ベースをひかないし　笑わないだろう
それは事実でなく哲学だからだ
哲学になってしまった　非現実だからだ
だが
いまでは
われわれはさめきって冷えすぎているので
現象の中に　容易に溶解しない細菌になって
いる
むしろ　わたしたちは
最も　信用できないカリソメとかニセの脳髄、
不安のアゴ　実は一向に冷えない架空の
冷房装置の中でしか
あれ　を　真実とすることはできないのでは
ないか

非常に　少年は　彼女のサラなど割り
ハートからケチャップをこぼしてみては

何長調の味か調べている
彼は　むしろ　それは海的であるか
砂的であるか
鯨の懐妊が　どのようなロマンティシズムで
あるかを夢みている
彼は　彼女を夢みていない
彼女の中でハープのようになりつづけていく
歴史の不協和音をきこうとし
混沌のスキャンダルのプディンをたべようと
し
その崩壊へどのようなクリティックとナンセ
ンスがストリップティーズするかをみよう
とするのである
彼は彼自身の自慰にバラ咲くのを夢みている
のだ
そのために　まさしく彼女を愛している
その事実が

羊水のように
あの電話線を　流れてくる　いま
〝逢いたい〟と

非常に
盲目の老人がひなたで皮膚炎をおこしている
茶色の犬を愛撫している
すると　その老人には豊饒な乳房があり
まだ若い女であるのだ　そして　いまそこで
茶色の犬にみえるのは　ニック
まだ　生まれてまもないカッ色の幼児の
おまえがガニマタを拡げているところだ
ある日は老人になり　ある日は幼児になり
ある日は未知らぬ他人になるサボテンが
わたしの脳髄に　黄色い輪になって
まわりつづける
少年から今日　電話はこないであろう

彼はバナナ船にのって　いま冒険のカンフル
を驟雨のようにうたれて気を失っている
多分　ふたたびということはないのだ

冷房装置の中で非常に
明滅するニック
なにもこの中ですら　真実　冷えるという
ことすらなく　なくなるということすらない
すべては　ない実在　ないニック
ないラプソディでしかない
のだ

義眼ののぼる市場

今　やっと　わたしの中
（このガラクタの青物市場から）

去勢された男ども
尼僧の衣をきた女たちが退場しはじめる
調子の狂った葬送行進曲
実はロバが歓喜に炎えてないているのである
洗面器にいっぱいくらい　わたしは泣いた
長い休暇から教室に戻った小学生のように
わたしの中で30年間　暗闇で鼻をかんでた
みすぼらしい情熱が
陽のあたる教室に現れる
誤解であるのか　あやまった教育であるのか
知らないが　すくなくとも
失望していない人間が　教壇にたって
アラアを信じ　算数について講義をしている
のなら
零から出発しているすべての数ら
算数の馬車にまたがり
それが　零に戻る前

の儀式の中に　わたしたちはいる

儀式
このワイン色の砂塵の中で
一枚の紙にかかれた呪文のままに舞い上がり
生きるか?

砂漠の中で
首まで埋まったわたしなのに
わたしは
スーパーマーケットに陳列された罐詰の
レッテルにはりついてる
牡牛の左の義眼に恋をしているのだ
ここ数年来

その間も
わたしの腕のつけ根に

望まれもしないのにサボテンは生えた
愚鈍で強情な意地悪さをもって
わたしの姦した大トカゲは
淫靡にわたしの尾にからみつき
たたき切っても　切っても離れない
ほとんど傷あとも　のこさず
舌をなめずり　這いよってくる

わたしのさびたのどに
月がのぼる
満月であるのに
わたしの中で　レールはさび　鉄道は荒れ
走る汽車はないので
誰も唄わない
月を愛撫する声をかけない

〝非常に　そいつ　そのカードが欲しい〟

と　どこかの黒い手はいう　が
ジョーカーを手にすることは　あまりに
激しく求めると　こわくなるものだ
ジョーカーを手にしたあとにおきる　魔力の
数々　愚行の数々
遂に人は　義眼に恋する故に　義眼を
みるまいと思うのだ
ケネディは義眼をはめていただろうか
義眼の代りに
銃弾を脳にはめたまま英雄はあの世にいった
この世の儀式の終らぬうちに

あれは終っても　これも　それも　終らない
(中には始まったばかりのがある)　で
たえず群衆は思い思いに叫びながら
儀式に参加している　だから川は　いつも
何かあふれ　いっぱいだ

わたしの中でスープは　にえている
鶏の足といっしょに
美しい女たちの羽や乳房が　つぎつぎと
ホリコマレ
今　モモのあたりが非常に溶け始めていくが
スープの中心部は荒涼としていて
沈黙の星空が　ビー玉のようにうつり
意志の先は　銛のように　重いのだ
〝なかなか　そいつたちをいれるわけには
いかないよ、〟あるいは
〝然るべくして許されないのだ〟とか
いろいろササヤキがおきる
が　それは　それらはみんな理由になるのだ
ろうか
単なる風疹や水疱瘡のようなものではないか
わからないが

なにか許せないものは盲の魚にもわかり
許せないものは　いれてはいけないのである
と　水らはケイレンしながら思うのである

尼僧たちが　ほんとに抜けていったあの朝の
突然のできごと
彼女たちは　子宮のバラ色の宮殿に住まわせ
ていた
染色体の双児の音楽すら連れて抜けていった
わたしの　ほこりまみれの市場から　ニセの
身ぶりをぬぎすてて
去勢された男どもの老いた笑いもひきつれて
実は彼らは若いセムシの男どもなのだが

一さいの道化たち　みせかけの愛や禁慾や
色乱が去ったあと　市場には
朝露が　ほとんど切迫した胎児のように

すすり泣き生まれてた
汚れているが初々しい野菜の間にはさまり
わたしの内臓と表皮の間にかじりつき

その時
太陽は　片目で無雑作に立ちあがり
いつものように　今日をはじめるのだ
それでは　もう一つの目の方は？

レッテルの裏で一人ごちながら
義眼は　しだいに
熟れていくにちがいない
教室にすわって煙草を吸いつづける　あの
手のつけられない生徒の怠惰な陽気さ　さえ
まじえて

はらんだ女のように　しだいに

疑問の余地なく　事実の水晶体を　その義眼
にふくらませ　みなぎらせて

おまえが通りすぎる　のをみる

おまえが通りすぎる　のをみる
おまえは　つかのま　である

わたしの陽気の上に　とまる
ハゲ鷹である
死肉を　ブラサゲタ　ユーモアである

おまえが　あなたが通りすぎるのは
ようやくわたしの河が　生きるために
いっせいに　彼岸にむかって
流れだしたころである

ある愛は　まだ猿であり
一万年たたないと生まれでない胎児である
そのような胎児も　人喰いざめも　イルカも
混沌とロックを唄い　ほとんど
つかのまのことだ
わたしたちが　陽気に踊っている間に
流れていく
その帽子がみえるね

わたしたちが踊っている　ので
この時の上は　濡れている　いま　が　ハネ
魚のように　こぼれおち
いま　は　死に
いま　は　なにごとでもなくなる

おまえに

つる草のように　とらわれる　のは
なに　だろう　おまえは
神でもなく　愛ですらもなく
生きている無頼なハイエナの前足に　すぎない
のに　前足にとまる　ツエツエバエに
すぎないのに

神である　愛は　いなくなった
非常に　遠くにいった　非常に
であるから　もう瓶が　ころんでも
その音が　よくきこえる
眠りや　やさしさの愛が　ない
ところは
永劫の透けた　うしろすがた
が　みえる

わたしたちが踊っている　この空の上には

雲がない　暗示がない　神がいない
神が　ああ　いなくなったところで
わたしとハゲ鷹は　猿のフリして踊っている
ま新しくかみくだいたけものたちの心臓の皮
あるいは　わたしたちの心臓の血濡れたチク
タクをききながら

愛は口を閉ざし　永遠に去り
ここは　永遠がないので　よく　みえる
神がいないから　神よ　おまえがよくみえ
愛がないから　愛　おまえの信仰がみえる
もう信仰の魔術の中で　この日
ねむらないだろう
ふと　ねむりたいのに　ねむらない
それが
ハゲ鷹との夕食のマナーだし
また　ない愛の　たそがれの時間だ

おそらく
時の　つかのまが　夕立のように
ふりつづける　その音が
精神の裏側を　滝になって流れおちる
ブリキでも　ネズミでも　他のものは
もう少し　さみしくもなんともないだろう

子宮の入口で　雨宿りしている未来の胎児の
ように
わたしたちも　しゃがんでいるが
未来というものは　おそらく
わたしもおまえも　裏切った神ほどに
信じては　いないのではないか

子宮の外に　とびだすべきか
また
しゃがんでいるべきか

わたしたちの肉は　とめどもなく
よどみ　炎え　笑い　怒り　すね
冷えながら　この時　この中で圧しあう

十日ほどがたつ
十日ほどは　永劫だ
また　一万年も　永劫だ
一日のうちにゆっくりと一万年が流れていく
のを　みたり　きいたりしながら
たった数日の間に　育った一万年や永劫
七年かかって七日間のように咲いている花や
子供たち　の学校の成績や　無心に
いっそ　したたりにいこうか

しかし　砂漠に生えるサボテンの　のど仏
みたいなおまえの顔が　わたしのドアの前に
たちふさがる　それを

消すことはできない
アラブの白い家につけた黒い魔よけの手型みたいに　おまえの暗やみが
わたしの新しい日づけの上に　ぶざまな暗がりの顔型をおすのだ
これがおまえのサムシングであるのか
おまえが突然の大トカゲとなり
わたしの歴史の裾の部分を這い　穴のあいた胸の部分にツエツエバエになってとまる
また　わたしの目玉をくりぬくほどちかくにいるハゲ鷹になる
としてもだ
その時でさえ　おまえとわたしは
いっこうに　ふれえない他人であり　異民族であるのだ
が　おまえの目玉とわたしの目玉は
同じ嫉妬とやましさの　かたちをしていて

なぜか狂暴な双生児である　ではないか
昨日　通りすぎていったように思える
が　昨日ではないのだ
ここまでのとこは　何もおこっていない
いま　始めて　何かがおころうとしている
今日の中で
今日　おまえが始めて通りすぎようと
しているのだ
で　おまえが通りすぎるのを　みる
この日　雪が　はげしく　ふりはじめる

神たち

すっかり顔むけできなくなった時　またして
も神が現れる　このたびの神は永遠ではなく

非常にまめまめしく働く　地上のつかのまで
あるようだ

ワシントン・D・Cにいる父の友人に逢いに
いったがはっきりした現実への許可証はえら
れなかった　とその神から電話があった
その晩　うずもれていたものがうめきかえり
化石から再びよみがえる馬づらの神をみた

神は唯一であらねばならないか　ノー
実は　たくさんの神が右往左往するのだが
彼女は馬づらをした神を拝むことに長い地球
の時間をいつからか費やし始めていた
彼女の神は怒りやすく嫉妬ぶかく　あのユダ
という男に似ていた　ので　彼女は日常の中
で神を粉末にし紅茶にいれて親しく飲むかと
思えば　枕の下にしき寝息を伺い　次には

フットボールする時のたくましくけあげる神
の足を荒ら荒らしいとばかり憎悪した
ある時はヒキ蛙のように押しつぶれ　ヒワイ
に死んでいく　つぶれた腹にも思え
永遠に　だめよ　あんな人　とかいって
非常に短く神をちぎってしまったこともあっ
たが
それらはつかのまであり　すべては永遠の物
語の中にある
だらしない嫉妬ぶかい神も時にはまめまめし
いまねをするので
物語の方ではおどろく
そこで永遠もすこしばかり動揺するのだ
全く神ほど現実的なものはないと恋人たちは
思うだろう
すっかり顔むけできないのも神が架空ではな
いし　あまりに神は突然　地上のハラワタの

中から　わたしたちを呼びかけるからだ

the day

受話器を耳にあてると
空は曇ってみぞれた
飛行機が滑走路のちかくで
足ぶみしていた

突然のアツイスープみたいに
ジュンの涙が流れてくる
ジュンが小犬のように
火事みたいになって泣いて向う側にいた
受話器にはジュンのアツイ時が
ふるえながら　しがみついていた

沢山の受話器よ
また　たくさんのジュンの涙よ
また　天気よ
たくさんの天気よ

今日は快晴であり
雨も雪もコボレナイで
受話器のムコーにジュンの火事はない
火事の終った焼野原で　彼女は
キジのように笑っているか
あるいは銀座4丁目を　コツコツと
折れまがって　こっちに歩いてきて
非常に勘定高いことをいい　早口にシズカに
彼女の芸術を高くウリツケルかもしれない

そしてワイトの奴は
どうなんだい？

全く　お金のないことは孤独で
色の黒いことも暗いことだ　今日のアメリカ
ではまだまだ

刑務所から　でたり　入ったりする背の高い
美しい妹　ウソと万引のうまい
この天使のような娘に
5月　ベビーが生まれる
さだめし父親は暗黒の天使であろう
または
天使を食べてしまった強慾な暗黒
である

波止場の冬の夜は
どこでも　星空が美しく
充分すぎるくらい
寒いのであった　で

オレも　オヤジも　思うだろう
この12時間の　地獄のシゴトはヤススギル
労働は　神にくわせてやりたい
が
もっとあまりにかなしいことがある

それは　彼女が恋しいことだ
こんなに恋しくてホシイのに
彼女のホホも　ちいさな顔も　長い髪
すねた唇も　ないことだ
オレの腕の中はカラッポで
胸の中ばかりに火のパジャマが　はねている

ミュリエルはニックをオモッテイル
それは　とても遠くてかなしいことだ
かなしいが永遠に近いかたちになったし
ニックは抽象に近づいたので

彼女は　しだいに　涙を流さないで
ロウのように　なにかニックや涙を固めて
なんでもないものをつくろう　とする
なんでも　なんでもないほうがよい
そうね

だけどもモンキー・ダンスは　どうお
踊り狂うのは　わたしは猿になることができ
るし
猿になる時　わたしの永遠や法悦を
愛しあえるでしょう
しかし　そのほかの時は？
なにもない
なにもない　ということはツマラナイ
男の下半身が丸太のように　沖にむかって
流れていくのを　わたしは
関係ないカヌーの話のように　みる

それだけである

カウにはシッポがついている
彼のシッポが永遠に猿になり　離れないか
離れて2度と猿に成仏できないかなるといい
それ以外に　何か　愛せる手段があるか

今晩　受話器は　またなりはじめ
もう再び火事にならないのを予想しながら
しだいに　ねむりはじめるジュンの声をきく
だろう
ねむるということは　悪いことだ
悪徳であるよ
が
ジュンは幾百　幾千の夜やヒルのあいまに
ネムリを　時々のメザメの　あいまに
つづけるだろう

わたしはしらない
そんなことは　しらない
ワイトがいった　恋しいということも
星空が美しいってことも
フロリダにいる彼のそばでは　わるい風邪と
わるい革命が　はやってるってことも
ニックもミュリエルも　ジュンも　あなたも
わたしも（わたしは　しらない）
まったく　しらないことだ
もう　なにもかも妊もったあとからでは
おいそれと　神様だってやってこない
神様だって知っちゃいないことだから

それは　なんと寒いことだろう
全く　アツイということは　つねに　なんと
寒いことだろう

tonight is nasty

今晩は荒模様だよ　カウはいった
暗いテーブルのまわりでは
雷や台風や　血ばしった小鳥みたいな男たち
が雲のように　のっそりいたり
あるいてたりした
ハウス・ロッカーのバンドのある
夜は
必ず　みんな　すこし　あるいは　沢山
狂う　それにモンキーの大群がどこからか
集まって踊るのだ
わたしも　モンキーになり踊った　それから
笑った　くるくるとコマのようにまわって
こんどはドッグを踊りだした　すると

スローはぜったい駄目だ　体がちかすぎる
とカウはたえず言う
だからわたしはカウ以外とは踊れない
カウはノッポなので　わたしとカウの体は
ぴったりしない　すこし　はずれる　ので
たえず　2人の踊っている間じゅう
すきま　という　いらだたしい妖精が
一匹ついてまわっていた

ほんとうは嵐にも何もならないだろう
空は　われて　わたしは　そこから
わたしの永遠が　非常に　嫉妬ぶかく
ぶ作法に　突然の陽みたいにおりてくるかと
思った
どうして　あの人の時と　わたしの時との
間に　つながれていた　みえない鎖は
ほんと　みえなくなったのかしら

モンキーたちにまざって踊ってる間じゅう
わたしは永遠人に横っ面をはられるのを
おそれていたのだ　この間まで
不貞が発覚するのを　おそれるたび
わたしは永遠をだますことば
まちわびる沢山のことばの中で沐浴して
すがすがしく　はねた

わたしの荒ら荒らしい日々のけずり手
残酷な永遠人よ
おまえの名を呼んだ　コップの中に
スコッチを三度つぎ　三度　呼んだ

空は　荒れない
また　永遠も　現実に顔をだし
この乱状を

のぞきこむ　というまねはしない
フロリダの海は　あたたかで
海水浴する魚たちに　まざり
砂浜で　永遠人は　生活の手段を考えながら
ねそべっていた
この課程を卒業し　すべてのあれは
もっと先の話になるであろう
そばで　黒いみみずが　話しかけてきた
彼は　上手につまみあげて　笑いながら
すこし遠い距離に　それを投げた

太陽が射していた
4月は滅ぽう　陽気だった
陽気になる以外に　手がないので陽気だった
イースターが近づくと　いつだって思う
永遠は　何で復活しないんだろう
黒いヒヨコになって　てのひらにのらないかと

実は
永遠人の方では　何度も
　　　　　復活しているのだ
ただ　わたしには毎日の中に沐浴している
永遠人の背中が　さわれないだけだ
それ　と背中にうつる夕陽が
なかなか　ものがなしくて涙があふれ
わたしには　みえないのである

再び　わたしは
暗いところに戻った
彼は　風船男だから　押すと空気だけになり
存在しなくなり
そのようなところで危く存在している
傾いた人類では　あった
巫女は　ふりむいて

首をよこに振った　お別れなさい！
わたしとカウは銅貨の表と裏　なんです
だから　別れなさい
巫女は　サンドイッチをつまみ　つまみ
いった
あの能舞台のしげひらたちのように
たちどまらず　互に　すれちがい　通りすぎ
ることよ

わたしは
失われた時　と
失おうとしている時　を　思った
失ったのより　失おうとする時は
一層いじらしくあでやかに咲いていて
わたしは　まぶしくめまいする
それは捨てがたい恋人たち
娘たち　弟たちだ

娘とたわむれ　弟を犯した先パイの神たち
を思った
わたしももうすこしで弟を
階段から　つきおとそうとした
弟は　すでに淫していて
蛇のようなねむたがりやになっていた
その時マラキという大男が現れて
弟をかかえると
永遠の反対側に車を走らせていった
反対というのも
また　永遠にむかい始めるとこかもしれない

終った
何もかも　終ったのだろうか
砂嵐の日は
失われた時の中で　黄色く　ざらついていた
が

四月の陽気も　ゴキゲンも　復活も　は
終らないで　これらは
失おうとしている時たちに　属していた
わたしは　もう一度
ない声で叫ぼうとしていた　なにか
永遠の方にいる　ない鳥にむかって
すると　ない声が　ないコップに一ぱい充ち
ないコップに　在る血が赤く　うつった
在るわたしの影もまた　うつり　それが
女の人のようにコップのそばでゆれているの
だ

カウ
今晩は荒れるといい
むしろ荒模様の方がよいようよ
するとカウは
今晩は荒模様なのだ　といった

やっと　ね
わたしは小さなイナビカリの声でいい
それから　突然
豪雨を　両眼から降らしてみた
それが思ったより激しく　すべては
コツゼンと　とめどもない
嵐につっこんだ様子があった

この海

非常に海がほしい
海水浴が　ほしい　とおもって行ったら
海は　なかった
海水浴もなかった
曇っていて　雨が降り
あれは　海でない

わたしの体は　紫色にハレあがり
入水しない前から　もう
死体の色が感染していた
コーソよ
わたしのそばにいる男は
〃キチガイよ〃
といいつづけて
恐怖のために　海水パンツにならない
皆　セーターをすっぽりかぶり
潮干狩をするか　シャシンを撮る

スミコ夫人は　美しくてかわいい
S氏のレインコートは
テキトーに　汚れている
非常に　なつかしい臭気が　何年間も
むこうから毎日カオリつづけ　繊維のすきま
から　人間の酒の味がする

おまえが結婚したら　おまえの亭主に
なった男に　妬きもちやかすために
戻ってきてやるぞ
天気のわるい
うわの空から　きこえてくる
だから　性悪の生えている男たちはかわいい
その性悪ばかりを　摘まんで
つくしのように　煮つめてたべよう
この昼

コーツよ
なぜ　息子を愛しちゃいけないの
と彼が　きいた
それは　よくはわからないが
息子だからといって　どうして
わたしは　裏切らずに愛せよう

郵　便　は　が　き

〒171-0022

東京都豊島区南池袋2-8-5-301

書　肆　山　田　行

常々小社刊行書籍を御購読御注文いただき有難う存じます。御面倒でも下記に御記入の上、御投函下さい。御連絡等使わせていただきます。

書名

御感想・御希望

御名前

御住所

御職業・御年齢

御買上書店名

B・Nという名を
雲の間から　きく
それが　わたしの恋人の名だということだ
わたしに恋人がいただろうか
いるのだろうか
それは　わたしの永遠の名ではない
すると　わたしに恋人はいない

晴れたり　曇ったりする　この日ごろ
ユーウツなわたしの内臓のテラスの向うで
スミコ夫人がホホエム
スミコ夫人の飼いゴロシテル　ヤモリは
スミコ夫人のように　かわいい
ヤモリとスミコと　どちらが　かわいいか
わからない
ヤモリはスミコ夫人より　ちいさくて

ちいさいカオをしている
やがて一層ちいさくなって
ミイラになるはずだ
すると
どっちがほんとに　かわいいんだろう

ミイラは神だが
スミコ夫人は生きている
生きてうごいて　アニオン・サラダをつくる
玉葱の匂ときたら　魅力的だ
玉葱をたべる女にむかって
サンザン　キスする男もいる
サンザン　泣き濡れる男もいる
わたしは神に逢いたいと　つねに突然
ミュリエルはいう
どうしてそんなに神に逢いたいのかしら
その男はどうして神なの　どうして

タエコはどうしてを十ぺんくらい
つづけてくれるが
どうしてを十ぺんつづけても
物語はマイナーの音をますばかりで　ただ
コルトレーンのように　吹きつづけるだけ
だろう　それに
ハートマンのように　小味にひそかに唄い
唄った部分のふしぎな哀しさばかりは
誰にも　きこえない
誰にもきこえないところで通常　詩人たちは
かくので　人たちはあの人おんちでないか
という
空は晴れていて　5月には鯉のぼりが
のぼるだろう　とおもうよりしょうがない
とこで
あ、あの人たちが
お茶漬をかきこむ音がきこえる

ニックを愛した
そのようにカウを愛せるか　が
愛せないでしょう　わたしたち
わたしたち
ものほしくて　ものほしい
あの人の　たべるプディン
あの人の　たべるイチゴクリーム
あの人と　同じのがたべたいという切なさ
それが　かなえられる　うれしさ
それは愛でも恋でもない
欲望であり　アイ・ミス・ユーである
アイ・ミス・ユーというのは
人間だけでなく　猿でも犬でも鳥でもある
カウという猿はアニオン・サラダがきらいだ
だが　アニオン・サラダのすきな猿の
蚤をとってやり　毛をなめてやる姿は

せつない猿のフィーリングだ
すべての芸術家は
暗黙のうちに猿のフィーリングを知るので
あるよ

雨が降り　つめたくて　今日も明日も
海で泳げない　このかなしさ
だが
ニックは　死なないだろう
彼のふれる水は　皆アルコールでできており
その水を　彼は内臓に泳がせるだろう
だが　死んでも死なない記憶
そこでクレオパトラとアルスランとニックは
生きるだろう
アルスランは生きてた頃　ジンギスカンに
きらわれていたとしたとこで　それが何だ
彼は死んでしまい　わたしは彼を忘れない

海は　なくてもある
海水浴は　いつも記憶の海で
まんべんなく死体をよせ集めて行われる
生きてるのに死体もあり
死んでも生きてるのもある
混浴である　内の内なる海の海よ

だが　これでいいのか
まったく　さびさびしいばかりではないか
丘にはアナナスばかり咲いて
そこで
わたしはきいた　おそるおそる
この詩でいいかしら
カンゼンとタエコは　咆哮した
この詩でイケ
イキナサイ！

男根　——〈スミコの誕生日のために〉——

神は　なくてもある
また　彼はユーモラスである　ので
ある種の人間に似ている

このたびは
巨大な　男根を連れて　わたしの夢の地平線
の上を
ピクニックにやってきたのだ
ときに
スミコの誕生日に何もやらなかったことは
悔やまれる
せめて　神の連れてきた　男根の種子を
電話線のむこうにいる　スミコの
細く　ちいさな　かわいい声に

おくりこみたい
許せよ　スミコ
男根は　日々にぐんぐん育ち
いまは　コスモスの真中に　生えて
故障したバスのように動こうとしないのだから
そこで
星のちらばっていたりする美しい夜空や
ハイウエイを　熱い女を連れて車で突っぱしる
どこかのほかの
男をみたいと思う時は
ほんとに
よくよく　そのバスの窓からのりだして
のぞかねばならない
男根が
動きだし　コスモスのわきあたりにあると
眺めがよいのだ　そんな時は
スミコ

星空の　光りぐわいの寂しさ
真昼の　おかしい冷たさが
腹わたにしみわたり
しみじみと　みえるものはみえ　すべて人は
狂わずにいられなくなる
男根には　名前もなく　個性もない
また　日づけもないので
祭のみこしのように
誰かが　かついで通りすぎる時
さわぎの様子で　ときどき
それと　在り家が知れる
その　ざわめきの中で
神にいまだ支配されない種子たちの　未開の
暴動や　雑言罵詈の
空漠がきこえたりするのだ　時折

神というのはとかく不在で

かわりに　借金や　男根だけをおいて
どこかにでかける　とみえ

いま
神に　おき忘れられた男根が
歩いてくる　こちらの方へ
それは　若く陽気で
巧まない自信にみちている　ので
かえって　老練な微笑の影に似る

男根は　無数に生え
無数に　歩いてくるようだが
実は　単数であり　孤りであるいてくるのだ
どの地平線からみても
いちように　顔も　ことばもなく
そのようなものを　スミコ
あなたの誕生日にあげたい

すっぽりと　あなたの存在にかぶせ　すると
あなたに　あなた自身が　みえなくなり
時に　あなたが　男根という意志そのもの
になり
はてもなく　さまようのを
ぼうようと　抱きとめてあげたいと思う

真夏のユリシーズ

ニックが咲きつづける
毒草のように咲きつづける中を
ほとんど　わたしは
何も着ず　のどにすることなく
数日、数時間、いや数年　すでに
歩きつづけている

もはや　ニックは老齢に達し
わたしは　彼の顔の中から
フットボールする青年の鉄鋼の足のツメも
光り笑う口から　石の歯たちを
さがすことは　困難だ
彼の眼の中に住んでいた　非行少年
という悍馬は　すでに時たちの鎖にナブリコ
ロサレ
わたしは　今
未知らぬユリシーズ
という壮年の男の影を
彼の目のみえない天空の部屋にみる
そのヒタイには　時とさまざまの月日が
汗ばみ　雲や鳥になり　移行するのだ
また　背骨のわきには　かすかに
運命のアザラシにかまれた歯あとがついてい
て

今なお　まぢかな事件のように　濡れている
昔の瀟洒と貧しさのまざる　機敏な哀しさ
にかわって
ある複合した肉と魂のうねりの重さが
彼の筋肉の　沖と岸を往復するのだが
その潮騒の不思議な音響は
彼自身すら　しばしばきこえないだろう
人は　おおむね自分の体内に音響をもちなが
ら
自分の楽音をきかぬうちに
人生から去るか
もの心すらつかずに一生眠るかするのだから

彼はユリシーズであることを知らないで
たえまなく生き　たえまなく死ぬ
わたしの中の神を凌辱し　あるいは
わたしの祭壇で凌辱される神になって

永遠ということばは　このたえまない動揺の
むこうだ

彼の一年にいくらかずつ　かさをます年齢と
魂をカウントすることに
わたしは　なれるということがない
匂いを嗅ぐことにとりつかれた犬らのよう
に　つねになまなましく舌なめずりし
この腐肉に似た魂を　うろつきまわる

人は　魂を　愛をもっても計量し
時のキザミからなる人生をカウントすること
ができない故に
無限にこの作業をつづける業のあそびに
とりつかれる鳥であるが
魂の方では鳥をおきざり無限大へとのさばり
年齢はカウントするものを遙かに裏切る巧み

な道化である

とくに　この日ごろ
8月はもう7月ではないのだ
その夏のよわいは　目にみえてふくれあがる
入道雲の予感がある
育ちざかりの牡ライオンから
急に　みごもる牝ライオンの
けだるく　動かしがたい重みにかわる

わたしは
ライオンの眼の半開きの怠惰の午後の中にも
時折の　口髭をよぎる風の戦慄の中にも
み知らぬうちに　空をかえていく
雨雲や　時や　運命のかすかなトレモロを
聴き　その影を　みおとすことはない
そして

犯しがたいということ　あるいは　絶対
ということのために
腐乱することのない　下賤な肉　わたしの
祭壇の一片について　思う
他の肉ときたら
それほど　いやしくもなく
それほど　美しくもなく
それほど　みにくくもなく
といったものたちであり　善意や愛や憎悪や
特別のチャンスという香辛料を加えてさえ
通過していく時の数々の味ない味を思う
それは　それにすぎないのだ　というのは
なんという　おびただしい無駄であることか

荒らあらしい上に　いやしくもあり
いまさら　それが黄金ではなく
はげやすいニセのものであると知る時

人は　ニセも真実と同様
双生児のように人なつこく　何くわぬ顔で
育てる狼の母性を　もっている
それ故に　愛の内側で　正義は不吉であり
その両端は　裏切りやすいカミソリの
うすい唇である

なにものかが　咲きつづける中を
あるきつづけていく
ほとんど　飢のように
あるきつづける影が　ユリシーズであるか
あるいは
ユリシーズでなくてもおそらくはよいのだ
ニックにしろ　彼にしろ
すべては名前ですらないところのものだから
だ　むしろ
わたしであり　わたしですらもない

そんな風に　わたしの中を
あるきつづける時　毒草の風のユラギだけが
たしかに　ふれられる

今日　わたしは生きつづける
夏やすみの始め
課題をおいすぎたあまり
課題を忘却した生徒の
滅茶苦茶に収集した　意図不明の蝶や
妖精や貝らの　雑多でにぎやかな混乱と
あいいれない　いくつかの疎外された
音楽の　独言をききながら

終り始めるところから始まる

この物語は終り始めていた

この詩は終り始めるところから始まる
時は　いつも　何か
始まりの　予感であるのだ
このころ
ほとんど胴体のなくなったNの体を
草むらで　同時代の若ものたちは　けりあげ
フットボールをはじめている
これはかつて名づけようもないイラダチと
憎悪の愛であったのだ
わたしはその人たちにまざり　すでに数人も
のわたしも加わり　フットボールをしている
のをみる
ここにいるわたしに一べつすらしないで
そのフットボール仲間のわたしは
いきなり胴体がなく頭骸だけになったN
という人体ボールを　かるがると　けあげる
のだ

すると
人も思惟もなくなって久しいNの頭骸は
空室なので骨のゆれる音だけがカサカサする
そこには　蜘蛛の巣などがはり　破れた窓ガラス
のむこうに
ほとんど永遠が　青空の形相で
みえるにちがいない
だが
なにが永遠か
この草むらのフットボールは　これからも
かぎりなくつづくにちがいないのだ
若ものたちの顔ぶれはかわり
けあげられる頭骸が　どのような神の名に
なろうと

新聞をみて
Nは帰らぬ旅人なのを知ったのは

Jにとって　ほんの最近のことだ
この時　Jは24歳だが　非常に年とった
Jの善良は　いつもNとの趣向の一致により
息づいていた
いま男Nは　男Jより再び交サしない点へ
流れていく星らにみえる
Jは善良なばかりに　今後その現実は
日増しに　苛酷な味に変っていくことを
他の星たちは　かぎはじめるだろう

Cは充分楽天的で若く　現実的である
彼は王者ではないが聡明で狡猾、敏捷
豹であった
トゲのある木の上にカモシカをひきずり
のせてから食事にかかる
あの几帳面な油断のなさは清潔である
豹のマナーであり　倫理であるのだ

非常に　物語たちは　終りに近づく
食事がデザートに近づくように
だが　その背後に　次に始まろうと
する未来のひしめく時が怪奇にけむるので
ある
人はナプキンで口許をぬぐいながらも
鋭い目を新しい食卓の酒にむけるであろう

未来という音楽は誕生したか
生まれでようとして　生まれてもいない時ら
がある
それはすべて　短くても　ながい
すべての始まらぬは怠惰であろう
始まろうとする生命の予感の中では
目のないみみずさえ歓喜する

Tが突然の貧血で階段からおち　頭をうった

ことといい
Yが医師としての善意から患者の家に
むかう途中スリップして都電に衝突したこと
といい
ネールが高血圧から心臓をいため死に
また唯一の子供の良心であるM副編集長が
よりにもよって仕事中　首の骨を折るという
こと
すべて　この呪われた善意たちの受けた刑罰
を　あなたはどうみるか

つねに終り始めるところから始まる
もろもろの物語
昨日　一年前に終った物語が
実は静かに発芽してドイツの風の中で
ユレテル知らせがあった
Hの手紙は深い霧に包まれて　よむほどに

わけもなく霧は深まっていった
霧はアキラメをもって永遠の方へと
拡がっていくらしい
この霧を読むと人は突如　澄んでくる
それで人は忘れていた墓標が　時にコケも
生えず　むしろ生にむかって発車しようとし
ているのに気がつく
だが　すべての気がつくは
手おくれの患者に似ていた
その日も
また次の日も　また次がないためにこそ
Cはコーコツとしていた
しだいにクライマックスに近づくことは
交合《レグ》する最中でなくても
イラダチとコーコツが小宇宙をいそがしく
交感する
そのためか

Cの眼は一層うっとりとあらぬ太陽をうつしていく
永遠のわきを流れる衣魚たちの中で
特にえらばれるのは何者か
Cは非情なスマートネスのために運命から
あらためて呪われることがない
非常に天使や悪霊の飛び乱れる中で
どちらからも　きわめて好意的微笑をおくられる果報者である
彼は　絶対の善でも悪でもないのだ
彼の重量はその時の気圧によりかわる
彼の空気は有毒にも無益にもなるだろう
彼の存在はつねに零に　すりかえられる
としても　彼は　それを
意外としないであろう
なぜなら　彼は期待をしないからだ
また　善意に進まないからだ

そのようにして　Cは　ある日　突然
消えるとする
しかし　すべては　消えていくきざしの中に
あるのだ
いま　ひとつの物語は終った　そして次なる
ひとつの物語は　すでに始まってその景色が
みえる　そこは
ハイウエイで　走る車の中に
プラスチックの鼻の男などがいて
未来の数字を　いきなり乱し　天使をおどろ
かすことだろう　また
暴動は次々と　ハーレム以外の潜在した意識
の穴の中で　きわめて個人的に隠微に
行われるであろう
また　この詩は　ここで始まったが故に
ここで終るのである　この時

ことしが終り始めていた

ことしが終り始めていた
ハゲ鷹の甘えた鳴声と
鋭い目をみた時　ことしが始まった
その鋭い目の中に　白痴の双児が
住んでいて　雪が降っていた　その夜明
老人がのどかな声で
ウグイスを呼ぶのを聞いた
それは　あまりにウララカな絶望である
その頃　わたしはしだいに頭をオカサレタ
2ケ月　わたしは頭が重い
頭を首の上にのせる直立人の生活の　この
気が遠くなる　ここ数万年よ

5月6月7月

緑の葉かげから　ときおり猿たちの　　メスを
呼ぶ声が　ムジャキにこぼれてくる
その頃　弟は結婚し　スケヤになり
ニックはフロリダで入水し　永遠人になった
また黒人の道鏡マラキがちいさな娘をかかえ
ニュー・メキシコに去った　だが
娘テリーは男と連れだって去った若いママ以外は
ビニールのトナカイさえも
こわがった
このような日々にも日々はあるか
すべてはなかった日々にちがいない
永遠に　永遠人が戻ってこない夏は
心臓が冷えつづけ　脈搏が生を不安にした
だが　それでもことし
夏は一度だけあった
まんだらな車にのり

公園のけだるい夏の夕暮にいくと
松の木の間に夕陽が赤く
だらしなくブラサガリ
他の猿たちがワイワイさわいでいた
汗はとめどなく流れた
ＪＡＺＺが熱してきたころ
わたしは　突然　はげしく泣いた
ハイウエイを走るクール・マーキュリ64の
かの男の鼻が　ポキンと折れ
粉みじんに　とびちる音を
数行の手紙から　きいたのだ

秋がきて　星空がキラメキだすと
男根神が　コスモスを闊歩し始めた
男根は　それ自体
精神でも　ファルスでもない
が　ようやくコスモスには

男の他に　女も在り
子宮もかなりの宮殿であることを知らさせた
そこらにチラバリ思索する盲目の女兎たちを
ベッドに追いたてて泣かせる怪神の
叱咤が　夜ごと　ゲンシュクにきこえる
地球のセクスは
ようやく円にちかづき
全きアンドロギュヌスに
なるかにみえる
バラの木から　突然　男の児が生まれる

ナギ
人生がナグ
退屈より　怠惰より　無気力より
悪徳があるか
それ以上
腐敗も効果を現さないところでひんぴんと

出没しはじめる彼ら
猿の兄弟は輪姦あそびをし
もはや若くして　年老いた
その頃　Mはまたしても賞をもらう
そばで金貨を憎む人たちがつぶてを投げ合い
泣きくずれる舞踏がある
地下鉄のホームの内側で
ショーギをさす乞食たちのその汚れた豊かさ
外は　冬空である

風邪のひきかける頃
バードがやってきた
ソフィスティケイトな音楽であり
彼自体　ファルスの算数を知っている青年だ
悲劇を笑いころすほどに　彼は若く老いて
クリエイティブなセンチメンタリストだ
POETRYよ

おまえは　どうするか
ソフィスティケイトな小鳥にめくるめくか
あるいは
大地のようにはるかから　はねてくるカンガルーに
無駄な飼育をするか
カンガルーは　弾力のある後足で
彼の年輪を　遙かに越えたメタファまで
ジャンプする
だが
彼の無邪気さと　無智と
少々の邪気は　彼をまた
もとの地上に戻すのだ

数年前から　なりつづけたトランペットが
一層ここのとこ　まぢかにきこえる
実は　台所から　セキセイインコの
呼ぶ声である

古い固いパンをかじり　歴史にパンティをぬがせ　皇帝の語らった残酷の趣味の食卓に
ローソクを　ともそう

明け方
気がつくとミュリエル
彼女は一人である
そして裸であり
カラのブランディ・グラス　に幾万年来の
ない夢　失意　絶望を　なみなみともり
いま　朝の
うすむらさきの光を浴びて
階段をのぼっていく（かくして）
古色蒼然として現代は
TODAYのコントンにつっこむ

dive to the sheets

ふたたび　シーツにダイブした
わたしとカンガルーは
それから　毎日まった　怖れ　乾きながら
あつい国から　おまえ　ニック神の
やってくるのを
それは春のころだった
桜の花びらが散り
フロリダのちかくの　ドミニカでは
祭りが人ゴロシにかわり
ヴェトナムの空は日ましにわるい色になった

わるく　より以上わるく　ものみな
死に亡びるよりも　いっそう　わるく
バードが酔っぱらって　まどろんでいた朝

あの朝の光
ニュー・イヤーの朝は　まぶしかったな
白いシーツの中から　バードがそそくさと
とびたっていくのを
戸口でカンガルーはみたのだ

弟のジョオはやせた
姦淫の唄を　うたいながら
彼は哲学した　ベッドの中で
Dive to the sheets
sheet の中に　いくら　ダイブしても
彼は　いつのまにか
肉親の愛の椅子に　あがっていて
なにくれとなく　人生のカーテンをよせて
せわを　やいた
トーストが　こげる匂いがした

カンガは　ある日
タイにいくといった　翌日タイにいった
カンガは
ビタミンCがつねにたりないので
まだ19歳なのに　ユウウツで
かたい体をしていた
彼は　ビタミンCを　その精神と脳と下半身
あらゆる部分に　あびるだろう　時には
実弾もあびるだろう

それは4月だった
みんな4月だった
ニックの誕生日も4月にあった　その日
彼は Birthday Card と一しょに
女の子から写真をうけとった
それは　みんなハダカだった
〈愛をしたら　かえしてください〉

〈ほかの　男にわたしてはいけません〉

5月に　もう　期待するのはよそう
ジジは狂暴なカオになって　いま　暴行
だけを考えている
ボンドは　非常にオサナイ時の彼のオフクロ
のこと　空ビルの夜の集り　14歳のナラズモノ
のことを　はなしていた
おっかさん　グロリヤ　アンジェラ
ふれられざる夜の教区　マック・ザ・ナイフ
いれずみが　よだれのように　彼のからだ中
這っていた　彼は四六時ちゅう　女とやる時を
考えていた　瞬間　彼の眼は男根にかわった
Dive to the sheets

ニック神は　祝祭の中にいた
オレンジ色の孤独が　彼の細胞の中に

降りつづけていた　彼は　あらゆる幻影の女
とねた
Dive to the sheets
シーツはブルーのフロリダの海であり
魚たちは　みんな人魚であった
Fishing のたのしみをようやく
おぼえたところ　夕陽が彼を　ねむらせた
ねむってる間に　彼は数回　死んだ
おきあがると　彼は生きていて
祝祭の　輪の　まん中にいたが
ひどく　酔っぱらっていた
頭痛が　かみなりのように　通過した

マスオ　と　タエコ　は
ニューヨークにいった
Dive to the sheets は
男を愛する男のパトロンたちの中で

はやった　とても沢山の朝のあと
ちいさな耳が　くいあらされ
ネズミのように　道路におちた
Road Runner がその上を足ばやに
走りぬけていった

ふたたび　シーツにダイブする
わたしとカンガルー
が　このたびは　カンガルーでない
ニセの　幾百万のカンガルーとである
わたしは　これらニセの影たちと　いくども
ダイブした
だが　いちども
ニック神とは　ダイブしなかった　あれ以来
ニセでさえニックは
どこを探してもひとりも
いなかったのである

そのころ
バードから電話がかかってきた
わたしはシャワー室から　ぬれたまま
でてきて　うけとった
Dive to the sheets
のほかに
できることってある?
わたしもバードも　非常にすべてはこころもとなかった
だが
この木曜日
わたしたちは
きりの深い中をでかけていった

＊　本詩集は一九六五年思潮社刊。装画・エッチング、池田満寿夫。

聖なる淫者の季節

第一章

すでに
わたしは　入っていた
聖なる淫者の季節　4月に
没入する神の　失落に満ちた顔を
わたしは　太平洋の西でみた
彼は　わたしの前にあり
声を　とどかない一本の
電話線にねかせて
永遠へ　去っていこうとする
永遠とは　消滅であった

わたしは
さんたんたる若い愛を　カモシカのまたの間にみた
また　つくしの生えてくる地面の
熱い土の怒りの　吐息の中にみた
プラグネットしている土
精神の井戸をホル男がいる
イレズミ師である
男は何年も何ケ月もかかって
ひとつの精神の淵をホリ　サしていった

男は自分のイレズミの宿命の香り
運命のイビツにして残忍な爽快さを知らない
しかし　男はイレズミ師で
しまいに男は　男という名の薔薇の
イレズミになり
その女の魂ふかく　もぐりこみ

永遠に眠り　もうおきない　画になる
そこで
女の魂が　ゆれるたび
イレズミの薔薇は　黒く　男の声で笑い
涙の血を　ふるいおとすのだ

みみずが　ないているよ
あるいは　ロビンがないている
と
女の外側で
自然と季節の声がかかっているが
女はイレズミがあり
亡びることができない　暗い部屋
女は　暗い部屋だ
暗い呆然とした　いつまでも
あかつきの　こない世界の中で
女は　おそらく

と　独りごとをいう
これはある永遠まで
つづくであろう

死ぬことは
おそれることでもなかった
しかし　別れることは

ひとりの男は
あまりに　ひとりである
男は　ひどく　長く　短かく
5年間　生きた
5年間が　急に透きとおり　溶けていく端に
彼の　かつての女
女神が　淫にやけて　ちぢれただれている
夕焼け色の週末が　蜘蛛の糸にかかっている
彼女は　もはや女神とみえず　女蜘蛛だ

しかし　また　女神にもみえる
妙なところで
男は　しゃがみ　くしゃみし　鼻をかんだ
世界を　しわくちゃにし　まるめ
顔のそばにもってきて　ぬぐった
彼のホホに
しわくちゃの世界はハリツキ
彼は　その世界に
地図のように
そっけなく　立つことができた
その世界への何らの愛撫も許されることはなくて

男は
男とは　ほとんど犬である
と　思うことで　ほとんど男であった
ほとんど　哀しみであり　絶望であり
全世界である　として

いま　それが何だ

わたしたちは　いま
ボーリングしに　いくでしょう
わたしたちは　いま
口争いをし　ボクシングをみにいくでしょう
わたしたちは　いま
ハカバにいく前に
ちょっと人生に　よりにいくでしょう
わたしたちは
いくでしょう　非常にいくでしょう
非常に電車やイメージや苦痛や
現実などにのり
愛というヒョータンのゆれる景色をサゲスミ
憎しみ　愛し　恋しながら

一週間がたった

しかし　昨日は
すでに　永遠だった
かえってこない日々は
百日も千日も　むこうで　煙になっていた
わたしは　煙がときどき
火となり　すすりなくのを聞いた
熱い地獄の涙が
マタの間を　ゆっくりと流れ
祖先の精の霊のむこうへ
ハミングしていき
虹となる

昨日　わたしは
古い時と　メモリーを　切り倒し
谷底にけおとすと
新しい木を抱いて　ねた
木には　記憶も名前もなかった

それは　まるで若者
のようであった

淫することこそ愛である　と
美酒たちは　くちぐちにいった
ならずものが
西部ならぬ東洋のSpringの一端を
ラバーシューズで走っている
全人類の女たちは　一瞬
牝兎に　かわり
あの　ならずものという人種の
足のガニマタの美しさに感動した
また
ならずものの　眼の　非常識な
純粋の　水晶の信念に
思わず　口をあいて　涙を流した

桜が咲いていて　イースターだ
復活ほど地獄である
復活があるから地獄なのだ
なにごとも　死ぬことなどなく
絶えず生まれ　生きながらえ　もだえ
さらに　復活までするときては

永遠人は　つねに
彼の永遠から　去ることができない
つねに　眠ろうとする彼
人生に眠りにいこうとする彼を
呼び起こす悪魔の愛のシンケン
神の非情のやさしさ

わたしは　東洋にいた
アネモネをかかえ
この　ちいさな花束を

ある人生の春の　旅人に
渡しにいこうとしていた
また
透きとおったアンブレラを買った
また　それよりも　透きとおったレインコートを買った
そして　どこまでも
透きとおることの　ぜったいない肉体を
その中に　もぐらせた
わたしは　女の裸を愛した
アネモネのように　女の体のあらゆる部分に
哀しみと美しさを咲かせる
種植人《たねうえびと》が　すきだ

種植人《たねうえびと》Sは　咲かせることを知らなかった
しかし　彼は吠えることを知っている
まさに美しい手負いの豹であった
彼は　彼の皮膚のあらゆる黒さの上に

精神の　ちりばめた愛のイタさを
ビー玉のように散らした

このSは　よく時をソシャクし　恋人につくした
恋人は　彼のくれた時を　乞食のようにガツガツと
たべ　なめ　さらに
彼の皮膚の上に　皿にのこっている汁も吸いこもうと背をかがめた
彼の恋人は　貪欲に　いくども　この豹を
裏がえしては　吸い　むさぼった

わたしの日常は　はじまっていた
夜　男は鳥のバーベキュをもって
わたしの胃袋をみたし
愛の湯ぶねの中で
わたしの不幸を瞬時　眠らせてくれるはずだ
また
暗黒の天使の種子たちをつれて

地獄の方から
しだいに天国の方へと案内してくれるはずだ
非常に　幼ないのに誠実であり
律儀である　この育ちのよい魂は
わたしをイライラさせる
完璧は　あらゆる不幸にまさっている点で
不幸どもに　きらわれる
ひとびとは誰もHappy になどなりたがらない
いつもUnlucky をまっている
人間は非常に人間であることに
たいくつしている

人間は　狼になりたい
ペンペン草になりたい
ならずものになりたい
ならずものの　気まぐれにふりまわされ
自分を亡ぼしたいのだ

非常に　急激に亡びたいドラマを
男も女も　性交《レグ》するのだ

みんな　死にいそいでいる
非常に　死にに　いきたがっている
だから　ほとんど
子供を生みたがり
次に
後悔するのだ
老いたことを哀しみ
じつに性急に老いたがっている
人類は永遠をのぞまない
すべて亡びたがっている
彼らは人生になりたくない
ロマンになりたいのだ
むしろ　バラに
虫ケラに

虫ケラのようにフミツブサレルことに

永遠は　苛酷なバラだ
苛酷な刑だ

だから　わたしは彼を
永遠へ
毎日　毎日　送りこむのだ
つかのまの
つかのまたちよ
また
若い木　地下鉄たちよ
行動たち　沈黙たち
太い　実直な愛
強靭なペニスたちよ
誇りたちよ　若者の眼たち
その淵に　ハネカエル涙の滝

怒りと愛の　バイタルな魚たちよ
そしてサムエル　サムシングたち
無名のひとりであるおまえ
わたしは　おまえを永遠にすまい
おまえは現在である
亡びる愛である　嫉妬深い　執念深い
しばらくの背中である
復讐であり　闘争であり　Simpleな一途さである

Somethingelse
Humanである　おまえ

おまえの魂と同じくらい
おまえのペニスを愛するだろう
おまえの筋肉のバネと同じくらい
おまえの心臓の感じやすい鼓動を愛するだろう
おまえの幼ない不幸と同じくらい　おまえのあどけないHappinessを

おまえの獰猛な裏切と同じくらい
おまえのやさしい信仰を
おまえの残忍な君主と同じくらい
おまえの奴隷のつつましさを
おまえのトランペットの快音と同じくらい
おまえのボクシングの強力なジャブを
おまえの悪魔の魅惑と同じくらい
おまえの天使のそっけなさを
愛するであろう

男とねていると　わたしはすぐ
10年くらい　ねむる
男は　ねむりである
セックスは薬である　麻薬である
愛は憎しみであり　骨である
嫉妬の先に　ブラサガッタ恋が
宇宙のオモリである

ようやく　わたしを
めざめへと　猛進させる

桜がハラハラと散ったあとで
トッゼンみぞれなどもふり
彼の４月は荒れた
彼は　ほとんど
冬の方に　ひきかえそうとしたり
またトッゼン　季節にのり
明日に　いこうとした

４月は　ならずもので
残酷で　甘く　センチメンタルである
ほとんど　責任のない愛であり
刹那的なため
ほとんど　永遠になったりする
その間に

遠く　旅たったものが　ひとりふたりいた
オクラハマのジュンから
〈もうホワイトをさがさない〉
と　手紙がきた

訣別は　いつもセンチメンタルである
想い出は　かならずといっていいくらい
ユゲをたてているのだ
〈甘い〉
Oh, ロマンチックなジュンよ
犬は　とてもかわいい
正直に　みぶるいする
哀しみがある

わたしは　日々の間を往復した
わたしはbuild（建設）するものと　崩壊するものとの間を
日々に　何度も往復した

わたしは　しだいに　わたしが
なにかを build する　建築するのだということがわかる
すると　神を呪い
悪魔になったカニの子たちを愛した
ほとんどカニでいるわけにはいかない
這っていることで　何もはじまらない
彼は　空手の美しいフォルムを
すばやく　ならった
それは build への美しい line であるか
究極の崩壊へと志向するのは build で　あるか

みぞれがおさまった
4月も　すこしは晴れた
本心ではないにしても
そとからみると　4月は
いつもの上機嫌を
回復しはじめたかにみえる

その頃
わたしはスミレとチョコレートをもって
銀のコスチュームをつけ
白い蛇をつくる女に逢いにいった

男とは　通りすぎていく影である
影が真実であるか　フィクションであるか
だが
生きてすぎていく
男たちは　影である

やがて　通りすぎようとする若い影が
いま　わたしの線路の上に　さしかかる
ほとんど　虹の雷にうたれ

恋の頭痛がはじまる　初雪の季節が
彼の　脳髄の中で

ゆっくりと　降りはじまる

非常にいそぐ人生
許すべきでない　それらいそぐ足たち
非常に　いなくなろうとする彼
彼は　はからずも　いなくなる時点へ
虹のように

ときたちの海原の上で　謀られたのは誰か
彼の純白のとき
漆黒の　純粋の　毛皮のよい性格の
うち側に　月がのぼる
荒廃として　死は
すべての死者よりも近くにすわり
沈黙を吸う

死とは甘美でない

そして
詩は甘美だ
おまえの生存は甘美でない
そして
おまえの存在は　Soul の雨ふる景色は
甘美である
わたしは甘美でない
そして
わたしたちは甘美である
なぜなら
わたしたちは決意だからだ
決意のロマネスク
意志という名の人間だ
ところで
それをはこぶ
みえない　アメリカの夢は
甘美でない

アメリカの夢は
生者と死者との間を
同じ番号で　ととのえる

wonderful
これは　すばらしいと同時に
おどろくべきことだ
わたしは　おまえを
ここに懐胎する
ここに
おまえを　裁尾する
ここに
おまえを呪い　つちかい　祈る
愛撫の密儀を行う
電車にのって　今晩
おまえにあいにいく　愛しあいにいく
おまえは名前がない

名前があるとして
ここで何でありえよう
無名という　全存在の海に
はばたく lonely おまえ自身
おまえの他の何者でもない

ひとつの決意は　つねに残酷である

親愛なるXへ
非常に長い手紙をわたしはかきはじめる
それは　わたしにもみえない
もちろん　おまえにも　あなたにもみえない
わたしたちは　非常に長い手紙をかきだす
非常に長い決意の上をあるきだす
非常に長い手紙をかきだす
しかし　この長いは　永遠ではない
人間の　生きている限りの

決意の　濡れる限りの
長さである
人間の長さである
永遠の長さではない
永遠ではない
長い　long
に
むかって　わたしは
わたしたちは
非常に　長い
手紙をかきだす
今日

第二章

非常に　その日は夏である
わたしは　いた　そこに
聖淫の影がみえない
Something some がみえない
が
いる
在るのだ
そこに
そこ　ここに

わたしは　てのひらに
汗まみれになっている some の肢体をみる
わたしの毛穴の中に
もぐっている　彼の暗闇をみる
愛である
霧である
フォーギーな　ある時の　重み
その　けだるい蜜である

彼の蜜は　日々に熟れた
いま
子宮の空を飛ぶ　彼の蜜の羽よ
非常に　鳥である　おまえ
いま　わたしの頭骸の中に
一匹の死んだ鳥がいる
ヒカラビタ一羽

それもまた　彼のものだ

日々に生まれて死ぬ　かずかずの彼
わたしは鮭の産卵を好む
産卵せよ　そして亡びよ
生きることは
またたくまに　生きることだ
またたくまに　性交せよ
死ね

これは　気がつくと
非常に　愛していたのである
いい酒だ　と　イクヤは云った
ジャマイカラムだ
あれは　非常にうまい酒だね

わたしは合掌する

ジャマイカの男はよい
裸はよい　4本の手足はよい
あの眼つきはよい
鋭くて女も男も盗賊みたいだ
人殺しをして
物を盗む眼だ
卑しくて冷たい　澄んだ眼だ
弱い者を拒否する
けがらわしさのない
気ぐらい高い　残忍な
哀しくさえない　ウツロな
甘く　鋭く　無意識の
欲望の　荒い
けものの眼だ

道ばたで
一人の男を拾おう

拾う　吸う
葉巻にして　しばらくを
そこに　みるのだ

すると　またあれを思う
日常という　ちいさな肉を
日常の中に　こまぎれに舞いこみ
消耗し　どこかに消えていく　あの
おまえの　肉がほしい
その肉の香りを　いま　手にとり
かぎたい
肉である　おまえ
おまえの魂を彷彿としながら
その肉の味をサジで　すくいたい
おまえの肉のスープのゆげの中で
夜　ねむりたい
昼を　あかしたい

おまえは　非常にやさしい　硬い
やわらかい　弾力のある肉だ
肉のやさしさ　また　サムエル
サムシング　おまえの魂のやさしさよ

それから　である
非常に　おくれて
おくれてといっても　四日ほど
おくれて　男がかえってきたのは

ひどく　ながい時間をひきつれて
一瞬のもとに
ふたたび　わたしの
生きている　日常の円の内側に
透明な球体になって
はいりこみ　もう　もとの位置と
いまの位置の　割れ目も継ぎ目も

わからぬほど　ぴったりと
そこに　だまって
棲息はじめている　それは

昨日あたり
非常に　わたしは　亡びたがっていた
しばらくの
永遠は
あまりに　魂をのせるには
重い　と
らくだの背中は思うのだった
夏が　ひどく
足早やに　すぎたし
わたしは　昨日
男と寝たと思ったが
明日　ほとんど
忘れてしまう感覚の卵を

いま　百もっている
と　いうことは
せつない金色だ
まばゆく　おいしい芸術だ

いま
それを思いだそうとするとアイマイだ
ボクシングをみに
あの時　はたして口争いをしたか
わたしは
おもいだす　パターソン
小さい　パターソンの　巧みな
軽妙なテクニック　それでいて
執拗な腰と足
なぜ　彼はつよいか
彼は　両手をあげ
ゼスチュア　いっぱいの

よろこびと人をくった表情で
リングで勝利のスキップをしていたっけ
あれ以来　みないパターソン

サムは
彼は　そばにいた
いまも　いる
非常に　美しい眼で
非常には
みえない　未来の霧の中に
透明に　ささっている
わたしは
もう少しで泣きだそうとする
父親も母親も　まだ
死んでないのに
今日は　快晴である

微笑（smile）

たえがたい　やさしさだ
ガーゼの月のように
胸のイタイ魂の上にかかる
おぼろに
イタイ景色に　よい香料になり沁みる
おまえは
微笑を　井戸の底から
なみなみと　汲みあげて
わたしに　くれる
わたしは　だまって
毒薬のように
この　黒い死を飲む

すでに　秋である
そして　おまえは　いない
ある　わたしの人生は

わたしの日常に　今日
銀色の雨が降っている

もはや　哀しみを哀しまない　わたしは
わたしは透明な肉体を
血の色に　かがやかし
哀しみすら　快楽の皿にもる
犬のユリシーズが匂いをかいで
わたしの裏庭の肉を裏がえしにやってくる
わたしは静かに　音楽しはじめる
霧がたつ　わたしの魂《ソール》の肉の森深く
ワイセツな　幾千の聖なる眼が
鼻が　唇が　手足が　毛が
これらの森の裾をわけ
せせらぎのように
わたしへと　流れてくる

わたしは　もとの淫者に戻る
サムシングサムエルの　聖なる性なる羽毛を
幾億の　秋空に
とび交《か》う　人類のちぢれたまき毛から
えらびだすことは　困難だ
あたかも　この記憶の夢のライブラリーに
飾られている　人類のメスの
性器の中から
ミス・ミュリエルの凡庸にして
ポエティックな　ボクスを
みつけだすことが
ほとんど　不可能な　仕業であるように

非常に
この日こそ　愛していたことがわかるのだ
ロバは　ロバの背中を
あなたは　あなた自身の小さな

失落の部屋に住む仏陀
ミュリエル　そのホクロのような存在を

わたしは　わたしの
背中を撫でると　何ひとつ
つきでるコブもなく
わたしは　背中が　まったく
沙漠なのを知る
すると
わたしは　ほとんど　隊商になり
いくより　ほか　ないのである

第三章

その手紙をよんでいたら
涙が　荒馬になって
乱れた文字をまたいで　とびハネていく
死にかけた神の
まだ死なない　悪霊にとりつかれた
すなおな声が
フロリダから　西荻へ
ひと声　墜ちた

それは　非常に

黒い台風か

わたしは　人間でないもの
いわば　人間を越えるものが
あばれるのを
ほとんど口をあけ　声をつぶし
2週間ほど
きいた

わたしは　その間　動かない術を
忍者のように飲んだ
ふたたび　サムシングサムエル
人間の影の踊るのが
わたしの人生の居間にうつった
カーテンを　ゆすり
恋しいと　モズか猿かが
一声　なき叫ぶ

わたしは
それらの声に　つられ
華麗に　この夢の
ケーキの上を踊るだろう
夢は　死体のない墓場である
また　生きた首の
ときどき　ころがる　不思議な
いきぐるしい墓場である
わたしは
ストーミイ・マンディ・ブルースをきく
木曜日に鷲がとんだと
わたしの知らない男は
唄っているが
それは　わたしの男に
きこえただろうか
わたしの男は　動物園で

〈鷲を撃っては　いけない〉
と　おしえてくれた
だが　わたしは
おまえのかわりに　今日
鷲を撃ちころしたい
アメリカのかわりに
受話器を
おまえの声の　かわりに
音のつぶれた紙に
塗りこめられたコトバを
撃ち　授精したい

非常に　雪がふりはじめた
そのころ
わたしの　男は
半身　雪になった
わたしは　雪にならない

しかし
わたしの音楽は　雪に埋もれ
わたしのコトバは
雪をかぶった小犬になって
あち　こち
なにかが
ふりつもる　思惟の　原を
走っては　ころげた

第四章

1968年Spring
粉雪が舞っていた
粉砂糖よりも　ちいさな
それは　空に舞いつづけたまま
地上に　おりてこない愛
夢まぼろしの美学か
わたしは　そこに
鷺のとぶのをみなかった

乾いた土地

音のない　ちいさな鶏小屋風の停車場
その待合室に
先ほどから　わたしを待つ
ソフトをかぶった　暗い男に
その男の歴史の内側に
Spring
逢いに　いったのだ

逢いびきは　なにか
その男の暗いソフトのしたに何が
サングラスの奥に　はたして眼が
あったか　なかったか
それらは　実在でもあるのに　影でもあり
わたしは
いまもって　しらない
わたしは　あの男が
ひどく若い鷲であったか

くたびれた初老の犀であったかも
しらない

気がつくと
わたしは　サンフランシスコの
サニー・サイドにいる
日のあたることはハピーね
ヘミングウェイみたいに　いつも
〈陽は　また　のぼる〉
と　おもう
しかし
陽が　のぼらないうちに
わたしたち　別れのキスをした
それは　とても
まぶしい　熱いこと
ああ　あのクリームのういたお酒いり
アイリッシュ・コーヒーの味ね

あの暗い憂鬱な酔いだ
まぶしいことは　くらやみだ
笑いだすほど　はじけることは
涙が　地獄色をして潜伏している
海なのだ
それが　ソールでなくて何だろう

夏になると
あの男は　やってきた
犬の陰茎が恋しい
夕焼の赤い炎を　舌の上にのせたい
のどの　乾く頃に
いろいろと　雨は降ったが
非常に　沙漠だ　それに
空さえ　充分
青くはならないではないか

何が夏か
だが　夏は　毎日すぎた
男の Holiday の中を
体をまるめた胎児になり
生まれでないまま通りすぎていく　何匹もの
わたしが　みえるね　ここから
ここからは
わたしの　あちこちにあった
わたしは　散乱する場所を
体毛すらも生えない　ロンリーな
ツルツルの猿になって　拾った
さらに
拾えないほど多くの猿に
繁殖する　わたしのために
しだいに　わたしは
わたしから　追われていった

この頃　J・ブラウン
オティス・レディング、マサオ、シゲ、
カオル、風、エリック、マピエルあるいは
ピア　それから瞬間人　ニセの
ニセだからホンモノの永遠人が現れた
現れては　つぎつぎとソールの雲にのり
踊った
これら幻影たちからは
すべて　甘い血が飛んだ

彼らは　したたる血　したたる薔薇
街角にたつ　巨大なペニスの木に　夜毎
はりつけになる　陽気な娼婦たち　神たち
コーモリたち　吸血鬼たち　無心たち　邪気たち
センチメンタルで　精力的な
幻影の浪費家たち

わたしは海のむこうで
薔薇に　恋するフカをみた
フカが　いま　飲みこもうとする口許に
歓喜の声をあげて　墜ちていこうとする
人間の手足をみた　だが
墜ちていかない　それら手足たちは
胴体を失なったいまも
空に　吊るされたままだ
それを　わたしはどうしようというのか

電話をかけるのか　それとも
手足ごと　空をはがすのか
しかし　わたしは
首のない　胴のない　手足だけが
ぶらさがる空が好きなのだ

その空を　P・スレッヂにあげたい

〝恋は時間をかけて〟
と彼が唄った　だが
時間をかけて　何になるか
時間とは　変貌だ　運命だ

去年の時間のところにもうジョーはいない
彼の運命は　東に流れた　ので
パットは西にとどまったのよ
と　ジュンから知らせてきた
ジュンの住所とソールもまた
微妙に　嵐の匂う方へ　動きだした
彼女の好きな　粋で非情な
暗黒の住む幻影の都市・男にむかって

幻影を求める　これら猿たちの中にあり
わたしは　しだいに
わたしという猿を手なづけはじめる

シモンもまた　自分のつくる人形に
手なづけられつつある
これらの欺瞞には　忍耐づよい勤勉と
快楽の仏陀が必要だ

だが　わたしの仏陀は　どこにあるか
わたしは　ソールの行間に
みえかくれする　あの眠っている男を追う
あの男は　凡庸だから仏陀にちがいない
あの男は　幻影をみない
日付をみる　今日の次は明日だと信じてる
それから明後日は明日の次だと
あの男は　十二時間の労働
熱い太陽だと急速に腐っていく肉　汗まみれ
疫病　愛している
を　信じている　空が青いということも

MやSたちは
毎晩　快楽狩りをしている
彼らの前で　快楽はバッタだ
つかまえられ　食べられ
すると　なくなる瞬間の仏陀だ

しだいに　秋の方に
もっと　秋の方へと歩いていくにつれ
わたしは　幻影の兄弟たちが
もはや現実にこぼれおちてやまないのを
吊るされた手足のある空も　また
現実であることを
みるのだ

第五章

ふたたび
Somethingelse である
あの男が　人生の　トッゼンの
ミュリエルの空《クー》の屛風にうつる
その影は　猿の悦楽の快癒
Somethingelse の回復の音楽である
荘厳の滑稽
哀れの　はじまる朝食だ
して　どうしたか

どうするか
この雪解け

ニューヨークからジュンの
手紙の声が　とどく
〃リッチイ・ヘイブンスよ
　リッチイ・ヘイブンスをききたまえ〃
あのリッチイ・ヘイブンスの
奏でるギターというキャベツの生《なま》の味
その音の穴のつめたさ　熱さ
唄う唄の　まっすぐ
人間の心に　転げおちる　まっ暗闇
まっ暗闇の　さんたんたるまばゆさ
率直こそ　誘惑的魔的説得なの
を　いまだ　わたしたちは
知らない聴衆だ

では　明日　ききにいこう
では　明日　生みにいこう
おまえを
おまえは　リッチイ・ヘイブンスでも
犬でもない　2月だ
わたしの中でみごもる
得体の知れない10の頭をもつ desire だ
聖なる欲望の胎児たちだ
また
ほんのポピーであり　ポニーにちがいない
ポンクになりたい　人生の途中の種子たちだ
桃色の耳をしたペニスの白鳥たち
涙ぐむエプロンの24時間労働にたえた
ステーキ風強烈の体臭だ

だが
トツゼン　泣いた

この2月の　昼さがり
K牧師が死んだからでも
あの男と愛想づかしの
けんかをしたからでもなくて
すべては　上々
スイトピーに水仙　芥子　蘭　アネモネ
春の花らんまん
男の肉の美味しさもまたこの上なく
優しい若侍のつくる
ビートルズ風料理の香ばしさ
男と男の友情に　男と女の友情を
かけた　サラダ・ドレッシングの
すいく　甘く
ほんの瞬間のにがい航海
この忘れられぬ地獄の明るいかげり
何もいうことはないさ　と
日本のディトリッヒ　西荻で

座禅くみ　読経を終ったあとなのに

だが
トツゼン　泣いたのであった
〝ベースよりも女がいいよ
女の方がやわらかくって　あったかくって
血が通ってるからさ〞
と　うそぶき　たわむれながら
ベースの中に
哀れ　血の涙を
雪のまばゆい白さにかえて
魂《ソール》の耳たてた犬一匹
ニーナ・シモン
という女に抱かせ
きれぎれに　また　えんえんと
唄いつづけさせる　かたわら
自分はベースを奏でる影になり

曲をつくる　この男ジーン・テーラー
おもてをあげてくれ
ジーンよ　口から大好物のジンの瓶を離し
おもてをあげて
おまえの半眼　地球のむこうに
沈んだ青黒い失落の眼《まなこ》を
みせてくれ

人間が
トッゼンのミュリエルが
また　猿のいとしい兄弟が
魂《ソール》を　喰らい　喰らい
暗い真昼に　しゃがみこみ　ひとり
泣くのは　こんなときだ

このほかに
どんな　トッゼンの　泣きたい

また　怒り　悦楽
祈りのときが　あるだろう

祈りのときである
哀れの　朝食のあとは
また　排泄のときである
白い陶器の　澄みきった便器の時間に
しゃがみ
あの男は　どんな思考の鳩を
虐殺するのであろうか
煙草はウィンストン　酒はシーグラム・セブン
恋はポギー　ジャズはある日知るのだ
そいつは帰ってくるだろうか　と
おれの　ふるさとにホントに戻ってくるだろうか

そいつは　おれのふるさとよりも古い
人類の原初から炎えていた

流れていた　川だ　川で泳いでいた魚の
女だ　たとえば恋だ　たとえば
墓場までおれといっしょに
ついていくはずのソールという伴侶
盲目のおれをおいて
ふっと　霧にみえなくなる　もう一人の
おれだ

わたしたちは　はじまったばかりでしょうか
はじまったばかりだ
Somethingelse という芝居は
かつて　上演された
去年も　また　その前の去年も
そして
Somethingelse は　幾人か
黒い敗北の死骸になり　死に
いくつかは

伊賀の忍者の姿をかりて
現在の時の居間に　すべりこんだ
だが
このたびの
Somethingelse は
昨日とも　去年とも　永遠ともちがう
いままでと
同じ忍者のしぐさをもうしない

朝食のテーブルにすわり
珈琲とベーコン・エグを注文し　きみは　晴れやかに
トーストの香ばしさを食べている
明日
あなたは象の鼻にまかれ
肛門から悲鳴をあげ
敗北の狼煙を　その筋肉の誕生日の上に
あげるとしても　である

この華麗な　朝の日ざし
おそらく　太陽がのぼるであろう家
そこに　のんしゃらんと現れた
陽性の　わたしたち　乞食神たちの
soul のかけら　それが未来にかける Somethingelse の霧を
信じようではないか
怖れを知らぬ無知蒙昧
無邪気と邪気の旺盛な食欲のいたいけな鬼子たち
いまこそ　聖淫の季節の　またニーナやジーンたちの
あけても
あけやらぬ　燦然と何百遍となく
くりかえされる　朝食の時間である

第六章

狂気は　明け方　はじまった
わたしは　酔いどれ　あるいは
追われるスパイのように
数歩　踊るように歩くと
物影に　かくれた
暗い　午前4時のストリート・西荻

この時
どこかの電話ボックスで　男の泣く声がする
男の犬の　吠える声がする

裏庭で　ようやく　牡犬が　ひもじいと
カラの皿をけり一声《ひとこえ》吠える
男の泣く声は　頂点に達する
男と犬と泣く
はげしく　あい争う　涙と汗
怒りと哀しみ　さみしさと飢え
絶望と欲望の　人肉を恋しがり
男か　犬か　が泣く
どちらが男で　どちらが犬か　この時
おりから　わたしの思惟の中で
コルトレーンがサックスを吹く〈クル・セ・ママ〉と
コルトレーンのサックスに吹かれて
人生の端まで　あッというまに
ブローされて　豆のように　あッ
ちいさくなった犬？
いや　愛する　遠い男よ　点よ

桜が咲いていて
雪も降る　4月は
死人の匂いがする
すると　ティナから電話がかかり
〝踊りにいきましょうヨ〟
だが
今晩は　お通夜だ
イクヤのおかあさんが死んだので
イクヤのおかあさんのお通夜だ
だが　ティナは
〝踊りにいきましょう〟という
美味しい男たちを　踊りで釣り
仏前に　心ばかりと
そなえるならば
ながいこと　後家で通した御仏《みほとけ》も
いや
4月は　桜が散り　雪が咲き

死人が　生きるけわいの
不思議な　甘い月である
そこで
生きてるものは　怖れ　泣くのである
別れ　ちぎれ　痛み　破ける
生きものたちの　生《なま》あたたかい胸を
死者たちが　おごそかに　けわしく
土足で　ふみくだくならば

〝ソーメンをたべよう〟
5月の終りの朝には
絹糸のソーメンに似た雨が降った
ソーメンの雨を眺めながら
女主人は　わたしたちに
〝ソーメンをたべなさい〟
〝たくさん　たべなさい〟
そういってピアノを弾きつづける

かたわらでゴールドのパンツをはいた男と
そのパンツを愛する男と
そのパンツを愛する男を好む女と
その女や男や男を手のひらにのせることを
好む大きいフォルテの女が
古い恋文、ディウォンヌ・ウォーウィック、
ピクルス、ソーメン、フランクフルト・ソーセージのぶつぎりの中に埋まっていて
絹糸のソーメンの雨
を　きいているのは　バラバラなロンリー
涼しい　空間だ
そこでは　誰も　せつなくて
首の根まで　瓶の水が熱くこみあげて　あふれかかり
それが　もうすこしで　どこか
近く　あるいは遠くでもいい
自分以外の　もうひとりの人間というイレモノの中に
こぼれこもうとしている
のを

あッ　押さえているのは
明澄な　ソーメン
絹糸で　できた　食慾に似せた禅だ

ときどきは　そうなる
ときには　そうなる
CRAZYよ　とマサオはいう
〃太陽が濃くなるんですもの　このごろ
　日増しに〃
J・B《ジェームス・ブラウン》はペニスを切ったのだし
It's man's man's world の唄だって
きいてごらん！
あれは　CRAZYの唄
天才のCRAZYさ
それに
ポンクだって女とねることもあるのョ
だから　男ってわからないワ

マサオは　男なのに　男がわからないという
わたしは　人間なので　人間がわからない
が　盲目になるほどに
その肉の香りは　よく匂い
口髭の蝶も　その舞い踊り唄う　ノド笛も
不思議な　美味しい音楽となり
いっせいに
わたしの胸のブルースに　流れこむのだ

6月・7月・8月
わたしは狂気の花咲く時間《とき》へ
しだいに
しだいに
ノーズ・オープンして　いくが
わたしは　何も狂っていないよ
だが　男よ

おまえと歩くことにした
なぜって　おまえは楽しい蜜の男だからね
ピンクのズボンをはいてるからね
金色のシルク・パンツをはいてるからね
胸毛にも　ブラッシングがいきとどいて
傷つきやすいハートからは
O'JAYSの唄が流れてくるでしょう

通称〈ロスのピンクちゃん〉
あるいは〈甘い歯〉
おまえは
ベッドの中で　女の子みたいに
〝抱きしめてェ〟
って甘えるとき　この口髭の女学生
うるんだ眼の　たくましい胸毛こそは
巨大な　ロンリー・ベビーだ

男よ
男らしい男も　女っぽい男も
すべての男というジャイアンツの谷間には
孤独なペニス　黒百合《ブラック・リリー》が咲いてるのさ
女よ
黒百合《ブラック・リリー》がないゆえに不安ではない女よ
男にかわり　大地になり
この可憐な花を手折るかわりに口づけを
ふみにじるかわりに　優しさの雨を　である

狂気は　馬のように美しいか
が　おまえときたら　狂気の甘さだ
そして美味しさこそは美徳ならば　である

わたしの蜜の男よ
わたしは　わたしと
〝美味しい〟の旅にでかけるでしょう

いま　おまえは
〈甘い歯〉でなくて〈甘いスプーン〉だ
すこし　人生のリアル　あるいは　真剣の
淵に　前かがみになり
なみなみと　そのスプーンに
蜜の毒を　もると　（蜜こそ毒でしょう）
唇から　ノド　ノドから胸
胸から深い井戸の方へと
流しこんでいくのだが
さて、
これら　すべての狂気ほど
正気なことは　ないんだヨ

第七章

7年はたち　7年はめぐる
すべては
春でなければならない
人が死ぬのも
恋が
生きたまま埋められるのも
桜の木の
生《なま》あたたかい生命《いのち》の首のまわりで
すべては
春に　はじまるのだ

この数年
時の泡たちの上に　現れては消えた
聖であり　淫である
わたしという名の人間は
この頃　ようやく
春という　腐肉の美味に匂う
季節になる

あの子も　腐ったわ
くさった輝く眼よ　眼の芽よ
眼の月よ
春の宵
あの　くさった輝く眼をした春の子のひとりは
ビルの屋上の
ビヤガーデンで
かげろうになり　ネオンに

鬼面をうつしながら
ゴーゴーを踊るのである
それは5時半から　9時である
2千円である　2食つき
雨天中止である

髪を紫色に染めたわ　いや
金色に　染めるのである
人間の不幸を　金色に染めるのである
陽気でないのは　キライだからネ
春びとたちの　声がきこえる
この他愛ない　真剣だけが
わたしのまわりで
生きている草たちである
これらの会話　ひとたち　ときたちは
春である

7年目になり
ようやく　腐る楽しみを
食べはじめる　わたし　と
踊りは　急速に　回転をおとし
炎になり　炎えあがり
それから石臼の中にもぐり
藁になり　匂いはじめ
腐るのである

狂気は美しかったが
腐るは
それに　まさる
内なる美味しさである
くらやみの中を　手さぐりで
ほおばる　春の
人肉である
眼玉である　美しく腐ったので

月影の苔の緑もうつる眼玉たち　また
唇　また　裂けた二枚の耳　また
絹のよだれが酔いくずれる舌の居間《ま》たち

スティビー・ウォンダーが
スライ&ファミリー・ストーンが
唄う
なにを　いや
あれを
あれは　春にむかって
春の穴にむかって唄っているのである
穴の中には
誰も　なかなかに
手は　入れられなくて
穴は
荒れているのである
咆哮しているのである

たえず
なにものかにむかい

そこには
何も
あれも
ないのである

にもかかわらず
スティビーもスライも　わたしも
むかうのは
穴である

音たちの　やわらかい肉よ
この肉を着た声たちが
甘い蜜のしぶきをあびて
おちてくる

したたる
わたしの　かたちや
意味のない
こんとんの雲に
わたしは　いまや
愛ではない
ヒューマンである雲
雲である無意味だ
ある日
そこに通りかかる男は
恋にかかっている
そこに通りかかる犬は
サカリがついていて　空腹だ
ある日
そこに通りかかる女は
腹を鉤十字に裂いてみせた
やさしい胎児の代りに

十の鬼の首を　彼女はみごもったのだ
腹を裂き　胎盤をくらった緑の首たちを
ひきだし　コークをひっかけると
すべては　治った
いま　鬼面の尼僧になり
女は　裂けた腹をチャックで閉じると
ほとんど　四六時
読経に似た　無想の踊りを白い百合の首ふりふりくりかえす
〝快楽〟こそ　彼女の念仏である

時は　クル・セ・ママである
オーティスもコルトレーンもいまはいない
ニックも永遠人もいまは　いなく
ジョーはみえず
Something someは
生きながら　消えた
消えたまま　生きる　ローソクもある

肉が熟れ
太陽は真上
季節は　充分なのに
若い　未来への長い時間をかかえた死体もある
みえる　生きてる死体の
生きてる哀れさ
犬の方が　ハピーである
なまじ　思想の帽子はなく
ユートピアなどという本を知らない
時たちの中で
いまも　男たちの精液に濡れ
ペニスのほむらにやかれながら
ラリッて　濡れつづけ
眠りから　さめることのできない
弱い　よい魂がある
これら　か弱い故に　邪悪なスイトピー
豆科の少年たちよ

これらに　真の海水浴をさせよ
恐れながら　めざめさせよ
めざめのない眠り
めざめるのを怖れる快楽の眠りは
眠りでない
青ざめた　もうひとつの
生きながらの死だ

けたたましい　死の行列が
春の日　つづく
桜の木の下を
みんな　泣きつづけるペニス
笑いつづける子宮を
花びらのように愛撫しながら
ほとんど　生きつづけてると信じる　死の
けたたましい行列たちだ
あの　能面の女も

豆科の少年たちも　黒いボボ・ブラジル
に似た物いわぬ男も　行列にまざって
あちらへ　いくのがみえる
あちらとは　祭りである
あちらとは　何も　ないということである
ほとんど　何もない　あちらへむかい
けたたましく
あなたの　お化粧　素敵よ
唇は　赤く　もっと赤くだわ
女は　けだしの下に
黒い毛の生えた　豚の首をつりさげていた
また　白い能面の裏には
目も鼻も口もなくて
いっせいに　真黄色の菜の花が咲いている
豆科の少年は
ときどき　首をふった
すると　耳から　海鳴りがきこえ

豆が　内側で　ひとつ　ふたつ　はぜた
彼は　狂喜して　これは音楽だといった
すると　他のものらも
彼をみならった
みんな　いっせいに　首をふりはじめた
ただ　それだけであった
すべては　ただ　それだけなのである
けたたましい　行列も
すべては　おびただしい量であり
むしあつさだが　また
うすら寒さだが
それだけなのである

ほんとに死ぬとは　何であるか
イクヤのお母さんは
去年　死んだ　息をひきとった
そのまま　ほんとに

死んでしまったのである
ほんとの死　も　ある

死の行列といっても
ニセモノの唄たちである
なかなかに　死すら
わたしたちのものではない
むしろ　日々に　すこしづつ
つつましく　知らずに死ぬ
知って死ぬのだ

指環をくれてありがとう
あれはスター・ルビーにサファイヤに
これは　ニセモノの真珠
ピカピカの安物の真実という奴だ

どちらも　マイ・ハート　Your ハート

である

おお　My love My heart
My Sweet things My Sweetness Sweet one
Sweet heart ダーリン　そして
ダム　マイ・地獄よ

こんとんとした　わたし　この
ヒューマンの雲に
無意味の意味となり　現れた男こそは
マイ・地獄
地獄よりの使者　仏陀だ

仏陀は　オークランドの生まれ
生来の　詐欺師
ポンク　ピンプ　チキンシット　ハッスラー
あらゆる　非道徳のピンクのカーネーション

それを胸にさした陽気な
犯罪の香水を常用するリアリストだ
仏陀こそは　リアリスト
地上の人だ
地上を這う　勤勉で　怠惰で　無能で　愚鈍で　生一本で　ワイザ
　ツな　蟻たちにまざり
狡猾に　すばやく
生き
　〃快楽の幻想〃をかすめとる盗人だ

これらには意味もなかった
まして深い Something などは
ときどき
仏陀は　黄色い蝶になり
わたしの寝室を　飛びかう　景色にみえた
景色であった
ピンクのカーネーションをつけたアメリカ生まれの仏陀や　ニュー

ヨーク生まれの黒い鼠などが
わたしの景色の前を　よこぎった
わたしの雲の　こんとんの
けわいは変らない
わたしには　まだ　これらの景色の
意味も　無意味も
発芽しない種子たちと同じ
土の下の種族であった

だが
発芽し　まちがいなく発酵しているものもあった
聖淫の季節が　ようやく
それらしくなったことだ
わたしは
この季節によく顔をみせた　あの
オークランド生まれの仏陀を
おぼえている

この男の　かりそめの姿も
蜜の声した　カナリヤ男
この　カナリヤ男の尻は　声にもまして
美しい音楽であった
よい音色で泣くと
世界じゅうの男たちは　ふるえ
片手にかかえていた女たちを
昨日の方に　うっかり
すべりおとしてしまうのだった
むちゅうになる　という奴である

事件はあった　少々のことである
口汚なく　なにかといえば
心と心が穴におちてみえなくなるので
fuck me mother fucker
コトバを発射するのである
ピストルでないので　死ぬ人はいなかった

少々　いやな思いをするだけである

かりそめの姿というのは
トンボでも　カナリヤでも　ホッスラーでもよい
何であれ　よいのだ
マイ・地獄は
たくさんの　かりそめという衣裳を
もっている
そのために　かりそめでない　仏陀　本来の
地獄のメッセンジャーの姿は
ときどき　みえなかった
だが　今は　みえる
かりそめは　すべて　シースルーだ
聖淫の
季節の中で　ますます
シースルーに　なるからである

親愛なる
この聖なる　淫者の季節よ
7年はめぐり
ようやく
発情はじまったかにみえる　これらの季節に
現れ　散り　生まれ
変貌していく　かずかずの
にんげんに似たものたち
にんげん
という名の妖怪たち　聖霊たち
かげろうたちよ

これらの　名づけられない　わずかな
草たち　愛たち　憎悪たち
祈りたち　笑いたち　ホコリまみれの誇りたち　つかのまたちの
ときや光に　湯あみしながら
わたしは　明日

という空の靴を　もうはきはじめる
ここでは　孤独とか裏切りとか
いっさいの　感傷のコトバを使わない
それらは
もうひとつの　悪い匂のする腐敗を
いざなうだけだから

すべては
クル・セ・ママなので
わたしは　行くよりしかたがないではないか
この日は
いつだって　この日なのだが
非常に晴れていて　イカサマ師
マイ・地獄は
まったく　聖《セント》に化粧していた
胸毛にまで　充分な
オー・デ・コロンの愛のまなざしが

塗りこめられていて
あ　美しいのである
鰐が白い歯みせ化粧して笑っているように　若い日の
オマー・シャリフの尻の穴に
ポピーを一本差して　アラビアの
風景を飾ったように　あ
美しい
の　である

そこは　まったく　ホンモノ
沙漠かも知れない
草も一本も生えない
また　まったく肥沃な土地かもしれない
緑の馬たち　緑のにんげん
緑の風　緑の思想
あまりに過剰だと
ひとも　ときも

なにものかに　染まってしまうのである

ところを
ところでないところを

飄々と
ブッチ・キャシディーとサンダンス・キッド風に
太陽をおって　おお　マイ　サンシャイン
右と左に
わたし　と　マイ・地獄は　別れた
こうして
聖なる淫者のむれは
次なる季節へ
移っていったのである

＊　本詩集は一九七〇年思潮社刊。装画、大島哲以。

動物詩集

1

マザー・コンプレックス・ベビー

育ちざかりの牡ライオンよ
金色のたてがみも　かりの姿
真の王者は母上　あなたです
みごもる　わが妻　牝ライオンの
力　勤労　愛に　かこまれ
この怠惰の王は
けだるく　君臨するのだから
女よ　人間よ　ものどもよ

かりそめの　たてがみ
この女装の王者に
まどわされてはなりません

育ちざかりの育ちざかりの
マザー・コンプレックス・ベビーよ

コーモリと暗いところにいる女の子

暗いので　よく顔がみえないわ
あなたが　みえないわ
ここは　とても　暗いので
それに　あなたも
とても　暗い　暗い顔してるので
わたし　よくみえないわ
でも　わかるのョ

わたしの心臓から　赤い血が
だんだん　すくなくなっていくの
あなたの心も
あなたの顔みたいに　暗くて
暗いので　わたし　みえないわ
でも　わたし
血を吸われて　たしかに
あなたに　すこしづつ　すこしづつ
殺されていく　愛なのよ

猿たち

わたしたち　人間にならなくても
いいの　シッポがあってもいいのよ
べつに　べつに
神にも　哲学にも　ならなくて

よいことよ
わたしたち　愛しあう
それだけで　充分よ
と　猿たち　シェーク　シェーク
体をゆすぶり　踊りながら
愛について　シッポとシッポで
話しあいました
なのに　人間の男と女は　今日も
シッポがないばかりに
愛がみえない　信じられないわ
といって　不信の霧の中
魂をうつろに　さまよわせているのです

馬

あの男は　馬みたいだった

美しい下半身　よくしまった弾力のある腰
女の子が溜息つくほど
のびきった強い　速い足たち
誰もがあの男のタテガミをつかみ
のせて！　人生という荒野を
どこでもいい　つれてってちょうだい！
愛と強引なやさしさでたのむのだが
何者も　あの男を縄でつなぐことも
意志を　家畜にすることもできない
それにしても　あのセクシーで
ワイルドで　カッコイイ若者は　いま
この輝く　5月の野のどこに？
馬よ　きみは知らないか
いや　きみがその若者でなくてなんだろう
このものいわぬ　美しいいきものよ

ピンクの小豚ちゃん

あの女の子は
ピンクの小豚ちゃん
コロコロと肉づきよくて
美味しそう
お皿にのせると
とても　とても
よい　ご馳走よ

と狼や熊の顔した男たちは　ヒソヒソ　街で
話してました

女の子たちよ　学校の帰りは
鏡屋の前を　かならず
通ることです
そして　あなたをのぞいてみることよ

いつのまに
ピンクの　ピンクの
美味しい小豚ちゃんに変身してるか
誰も　教えてはくれませんからネ

オーム

愛してるっていったら
愛してる

憎んでるのっていったら
憎んでるの

もう　別れようかっていったら
もう　別れようか

いつも　いつも
あなたは　オーム

わたしの　コトバを
あんまり　そっくり　マネるから
わたしたち　ホントに
別れるハメになったのョ

鷲の男

鷲のとぶのをみた
みた　とおもった
くもった金曜日の　ブルースの空を
鷲が　あの男が
とぶ　と　おもったのに
男は　とばない

とぶことを忘れた鷲
羽を　威厳を
王の　哀しみを　誇りを　愛を
失なった　もはや
王で　ない男
わたしの　見知らぬ　ただの男
わたしの男は　鷲
空を　とぶ　王者の鷲
金曜日も　ブルースの日も
わたしの幻影　夢の男は
空を飛んでやまない
あの　大いなる　大いなる
鷲で　なければならない

わたしが鰐だった日

わたしが鰐だった日の　話をしよう
わたしたちが7月の苛烈な太陽の下で
わづかな時間をむさぼりながら
ドーモーな2匹の鰐だった日の話をしよう
あれは　まるで
はじめての愛　はじめての憎しみだった
どうして　あんなにはげしく
互いのいのち　かみ殺し
愛しあったかわからない
神様っていうかわりに
太陽　と　わたしたちはよんだ
ほとんど　祈りに近い愛を
わたしたち　鰐のたくましさで
鰐になって行為した
それ以外に永遠がないかのように

ぼくはラバ

ぼくはラバ
父親は誰？
ママはどなたって　きかないでョ
混血だからって　いいでしょ
ある晴れた日に
ヒップのセクシーなメス馬に
ろばの若者は　うっとりしたの
それから先は　どーなったか
ここに　ぼくがいる
それで充分さ
姿やさしい　色白羊ちゃん
むこうむいて　逃げてくなんて　ヒドイ！
ぼくが混血だから？　品種がちがうって？
ああ　ラバのこころ
きみ　知るや

羊と歌麿

歌麿の画をみましたか
あの画の中で　男は
じつに優しく　髪の美しい女を
みつめてました
女も　男を　みつめてます
それは　とても　優しく　激しく
火のように
強い眼です

動物園の牝羊が　ある日　トツゼン
歌麿の画の女と同じ
優しい　火の眼をしました
恋愛という音楽を

ここでは誰もきかない
知らないのですが
わたしは　みました
動物園の無表情な牝羊の眼の中に　一瞬

黒い双児のヒヨコ

4月24日
アメリカはニュージャージーで
黒い双児のヒヨコ生まれる
一羽の名は　ボビィ
一羽の名は　ビリィ
どっちも　ガニマタの足した男の児
やんちゃで　イタズラばかりして
ママは　おお　神さま
あなたは　ひどいものをわたしに下《くだ》された

十字をきって　怒りつづける
双児のヒヨコは
悪ふざけと　唄が好き
幼稚園に通う頃は
教会で　毎日曜　デュエットで
黒人霊歌を　うたったりしたのだ

その子たち　いま　どーなったって？
ボビィは結婚したのに　弟のビリィは
いまだに　ひとりぼっち
恋のうまくいかないわけを
きかないでおくれ

4月24日
アメリカはニュージャージーで
黒い双児のヒヨコが生まれたのサ
ボビィとビリィが　唄ったみたいに

男と女が　デュエットで
うまく　人生ぢゅう唄えるなんてことは
よほど　つきがよくなくちゃネ
と　弟のビリィはいうのだが

2

サイはドン・ホセ

あの男は
無口なサイだ
がんじょうな　大きいからだした
傷つきやすい　花片の心だ

あの男に
つれない仕打ちは　およし
たわむれに恋をするのではないよ

ホンキになると
無口なサイほど　こわい愛
やさしい眼をして
キスするかわりに
裏切りのカルメンと知れば
ツノで　つれてく死出の道
サイの　男は
ドン・ホセよ

コオロギの散財

秋になるのに
わたし　服がないのョ　一枚も
お金がなくて　買えないのョ
わたし　遊んじゃったの
夏のあいだ　ちょっと

いろんなこと　あったのョ
コオロギたちは　草叢の中で
こんなことといって鳴いてるのでした
でも　これはホントの話らしい
コオロギが　暖い　ファーコート
かなにかを買って　冬ぢゅう
元気で　デイトしてたなんてきかないもの
寒くて　死んじゃうほど
きっと　お金がなかったのネ

海鳥がないてるョ

海鳥がないてるのョ
嵐の海だというのに
海鳥はないてるのョ
狂ったみたいに　恋したみたいに

怒ってるみたいに　泣いてるみたいに
海鳥はないてるのョ

海が嵐だから
あの男の　ひとりぼっちがわかるから
アルルの女が　別な男と
馬にのっていってしまったからか
知らないけど
なぜだか　とっても
海鳥がないてるョ
まるで　虫が知らせるみたいに
あの男は　もう　正気に
二度と戻ることがないみたいに
海鳥がないてるョ
ひどく哀しく　ひどく甲高い
ひどくさみしい声で
ああ　嵐の夜

海鳥がなくのがきこえるョ

ぼくは吸血鬼・蚤

ぼくは吸血鬼
ぼくは　かなわぬ恋に復讐する
この世で　一番ケチな野郎《やろう》

美しい女が　むづかって
顔をしかめて
すこしばかり怒って
やっと　ぼくの存在に気づき
それから殺意を抱き
おもむろに
その鋭いマニキュアの爪を
のばすときこそ

ぼくの
快楽は　はじまる
いのちがけの　隠れん坊しながら
血を吸っては　逃げる
ぼくは　サディスティックな蚤野郎《やろう》さ

メンドリは陽気な唄い手かしら

あの女は鶏なのよ
それで　バタバタ
とびあがりながら　叫んでるの
〝それは　わたしの男〟
〝それは　わたしの大事な卵〟
〝それは　わたしの赤い恋〟
かえしてよ　かえしてよ
と

鶏になった女は　必死に
トサカを　真赤にして
涙さえ　うかべて
ヒステリックに　コッケイに
わめくのだけど

誰も　鶏小屋のさわぎには
目も　くれません
誰だって
メンドリは陽気でヒステリーな唄い手だと
きめてますものネ

カモシカの足

カモシカの足をした少女と
カモシカの足をした少年が

恋をして　結婚しました
そして　また
カモシカの足をした　きれいな
こどもを　生みました
だけど　この子の
父親は　どこかへ
消えてしまいました
どこへ？

はやい　はやい　カモシカの足のゆくえを
探すには　もっと　はやい心でないと
まにあいません
だが　この世には　カモシカの足より
先がみえる心は　稀にしかないのです

虎のスケッチ

A

黒と黄色の
縞のあいだを　通りぬけても
通りぬけても
虎は　虎
いつまでも　黒と黄色の
縞のシャツ

B

虎の眼は　ランラン
炎える怒りの　神のランプ
怒らせちゃいけない
怒らせちゃいけない
と　いっても　眼のランランは
神の火なので
やさしい　トロ火には

ならないのです

C

わたしは　昨日　虎だったので
からっぽの　部屋で
空に　むかって　吠えてたわ
いくら　吠えても
いくら　吠えても
声は　空にかたくなにつきささったまま
降りてこないで　終日
わたしは　ひとりぼっちでした

D

彼女は涙ぐんでいた
男の子は　とても優しい気持になって
なんなら　この子と結婚しよう
とても優しく愛してやろう

そう　思ったのに
そのコトバが口をでる前に
男の子の　胸のオリで
眠っていた　虎は　眼をさました
そして　大きな怖ろしい声で　トツゼン
あばれるのだった
「おい、ぼくを自由にしてくれョ
　愛でシバラレルなんて　コリゴリだ
　女の子　の　涙　なんて
　虎に喰われてしまうがいいサ」

おしゃれな金魚の独白

わたし　おしゃれなの
いつも　おめかししてないと
気にいらないわ

赤いフリソデきて
ひらひら　おもわせぶりに歩くの
大好きなの

わたし　ひと目をひきたい
愛されたいの　みんなから
美人ね　可愛い金魚ネ
きれいな　きものネ
チャーミングだわ
そう　いわれたいの
だって　わたし　金魚ですもの
美味しいものいただいて
おしゃれするだけなの
愛されるだけで　わたし
なにもしないで　一生じゅう
ひらひらしていたいのョ

フカの男

海にいった日
逢ったのはフカの男
あの男は　青い海を着て
潮の匂いさせながら
こちらにやってきた
キラッと光ったのは　ナイフ
いや
フカの　鋭い眼した
ワイルドな男よ
わたしは　それ以来
海に吊るされた薔薇
フカの男に　心臓をくわれた
血まみれの恋の
トリコなのです

3

シュガー・ベヤちゃん

蜂蜜にストロベリーにケイキ
葡萄酒に　モモに　キャンディ
シュガー・ベヤちゃんは　甘党
たべるものは　モチロン
音楽だって　お洋服だって
声だって　愛だって
みんな　みんな　スィート
お砂糖みたいに　甘くなきゃ

ぼく　いやよ
蜂蜜をなめる熊みたいに
生きること　ぜんぶ
甘いづくめの男がいました
トロッとした蜜の眼をしたこの男は
可愛い顔ばかりか
からだも　そっくり熊なのですョ
たくましい胸に
胸毛が生えてたりして！

蜘蛛のルール

薄い　細い
ホントに　人間の眼には
みえないくらい　透明なアミを
わたし　はったのです

あなたが
たしかに　こちらの方へ
歩いてくる　人生の時間に

〈ぼくはもう　み動きができない〉
〈ああ　きみは　ぼくの　一生を
　心を　すっかり　こわしてしまった〉
あなたは　恋が　しだいに
あなたの自由をマヒさせ
手足どころか　ハートまで　毒していくのを
じっと　待つしかない
わづかな　生命《いのち》なのです

恋した男を　盲にし　心臓をうばい
狂い死にさせてしまうまで
愛するのが
蜘蛛の女の　恋のルールなのです

孔雀になるって

ソフィア・ローレンも
ラクウェル・ウェルチも孔雀になった

孔雀になるって
長い　とてもハデな羽を
世界じゅうみたいに拡げること
それからセクシーに
そう　お尻をまるだしで
そんな風に歩くのです

犬と男

犬は裏庭で
男は玄関で　よぶ
〈おなかがすいたのです〉
〈とても逢いたいのです〉

男は玄関で
犬は裏庭でなく
〈愛がほしいのです〉
〈とても哀しいのです〉

男と犬と
どちらが哀しいか
おなかのすいたことと
愛のないことと
どちらが　つらいのか

神様
あなたの答は　何ですか

女の子は牝兎ちゃん

兎　兎　兎
兎は　みんな
牝兎に　きまってる
と　男は　いう
男にとって　女は
ぜんぶ　ぜんぶ
あの白い
長い耳した
ヘンに　感じやすい
ヘンに　意地悪
ヘンに　臆病

ヘンに　陰険
それで　きまってサラダが好きといい
生野菜をパクパクたべる　大食いの
可愛い　たよりない　気の知れない
色白牝兎ちゃんだというけど
あなた　そんな女の子に
逢ったことある?

もぐらは　もぐる

土の中に
もぐっているんでサー
あんまり　うるさい
世の中のことは
わたしは
めんどーなんでサー

土の中にもぐったまま
もぐらは　世の中ぎらいになった
土に　もぐることを知らない　わたしは
恋の中にもぐり
本の中にもぐり
人生の中にもぐり
もぐる場所を探しているのだが
あッ
いつまでも　もぐっていられるところは
死の中だけでしたネ

七面鳥と老水夫

あんなに　七色に
顔を変えることもないのに
だが　月日が　色恋が

変えるということも
あるのですよ

七つの海を越えた船乗りの
潮やけした赤ら顔は
ちょうど七面鳥
おまえさんに　そっくり
年老った
七面鳥の　老水夫は
最後の　赤い恋を
夕陽に　散らすまいと
必死に
女の子に胸のおもいを
つたえようとするのだが
女の子は　女の子は
この七色の味を知るには　若すぎた

七面鳥よ　七面鳥
あの恋に破れた老水夫が
いまごろ　どこの海をわたってるか
ごぞんじですか

もし　狼を愛したなら

あの男は狼よ
油断すると　わたしをかみころすの
こわいひとよ　オソロシイ人よ
わたし　用心して愛するの
食べられないように
気をつけながら
愛されるのが
とても　こわくて　好き
そんな風に

悪徳で女にもてる男がいました
でも誰一人文句はいわなかったようだわ
食べられた女は　口をきけませんからネ

都会の鼠野郎

ぼくは　都会の鼠野郎
朝はやい道路を
おまわりの目をかすめ
走り去る　ぼくは
汚ない　すばしこい　悪なのサ
もの心ついた頃から
盗んで　飢えをしのいだ　このラットは
大きくなってからも
恋を盗み　食物を盗み　金を　慾を盗み

都会の　裏通りを
うさんくさく　生きることになった
こんな奴は　たたきだせ！
だが　鼠野郎の眼の中の
暗い　暗い　夜を　誰が
たたきだすことができるだろうか

蛇になった女

わたしは昨日から蛇になったの
髪の長い美しい女は　男に宣言した
だから　トグロをまいて
あなたの心臓を抱きしめたまま
しつこく　愛するのよ
と　いったかどうかは知らない
が　女は蛇であった

あの　冷たい濡れた感触の蛇をみるとよい
その眼の　いい知れない暗い炎を
妖しい執念を　男よ　のぞいてごらん！
なぜだか　意味は　わからない
理屈ではないからだ
蛇になった女がいる　いや
蛇は　まったくある種の女に似ている
蛇は女である

4

ハゲ鷹

ジャマイカの男は
盗賊の眼をしている
鋭い　ハゲ鷹の
澄んだ眼をしている

生まれおちたときから白痴の
12歳になる弟を
病院の寝台によこたわったまま

眠りつづける
この　眠りしかしらぬ生命《いのち》を
おもうとき
遠くをみておもうとき
ジャマイカの男は
もう　盗賊ではない
純粋な　けものの
けだかいほど　澄んだ
哀しい眼だ
高い　木陰もない岩陰で
遥かを　みわたしながら
とまっている
あの　もう一羽の
ハゲ鷹なのである

ひとこぶらくだのブルース

夕暮の動物園で
ひとこぶらくだが　みたものは
みたとおもったのは

遠い　遠い　消えかかる　記憶
の　むこうの　自由の国
愛という　美味しい欲情
ふたたび　みることのない
育ちのよい　メスたち

ここには　沙漠も
闘争も　友も　恋もなく
日がな一日つづくのは
ながい　ながい　時間と孤独
ロンリーな
ひとこぶらくだがおりました

池の上のアヒルは

池の上にいる
アヒルは　靴
黄色い　ブーツ
草の上にいる
アヒルは　車
黄色い　ミニカー
日だまりで
あそぶ　さわぐ　ふざける
アヒルの子は　リボン
黄色い　動く　リボンたち
くるくる　まわれば
ヒマワリの輪

黄色いブーツのかわりに　誰か　ちいちゃな
アヒルを一匹　くださいませんか

狐の女

狐は　化かしたりしない
臆病な　やさしいけもの
狐は　まるで　あの女みたいだ
細おもての　粋な
狐の眼をした女が通ったので
狐が通ったのかとおもった

あの女は
ふだんは　やさしく無口だが
ときどき　狐つきにあったように
踊り狂い　薬に酔い

倒れて心臓が危くなるまで
つづけるのだ

この原因を誰も知らない
狐のせいだって　年寄りたちはいう
あの女は　わけをいわない
ひどく孤独《ひとりぼっち》にみえるのは
恋の尾が　ポキンときれて
もう　狐みたいに　泣くことも
できなくなってしまったからか
狐の女は
狐みたいに　おとなしく　だまっていて
こたえない

ゴリラのジジ

ゴリラのジジに
愛されるなんて
思ったこともなかったのです
わたし　ジジが好きでした
ジジは　アグリーだけど
心は　とってもきれい
生一本で　妙に律義で
激しいのに　やさしいとこがあるし
でも　ジジが
とても好きだったのは
ただの友だちだったとき
ジジが　わたしに
恋を打ちあけた途端
わたしの　てのひらかえした薄情ぶり
ときたら
おお　ジジ
わたしは　腹黒い　きっと

イヤラシイ魔女なのョ
ジジを　急に　ひきさいて
バーベキュにしたいほど　憎くなったの
ゴリラのジジ
あなたがホントの人間で
わたしがニセの　魂も悪魔にうった
けものでなくてなんでしょう

毛虫みたいな子

毛虫のように
嫌われる子っているでしょ
あたし　そうなのよ
あの人にも　あの人にも
あの人にも　きらわれてるの
きらわれたときなんて

よけいチクチクってさしちゃうの
そんな女の子だって
年ごろになったら　B《べ》・B《べ》や
ソフィア・ローレンになるかもョ
あの　蝶をみてごらん！
彼女が　むかし
嫌がられの　ブスな毛虫だったって
あなた　信じられる？

カンガルーのデイト

恋するカンガルーは　せっかち
カンガルーは　早のみこみ
昨日から　今日へ
今日から　明日へ
あッ

カンガルーは　月日も
街も　ひとまたぎに　彼女に逢いに
とんでいく
だが
カンガルーとデイトした女の子は
今日の午後3時
R街のコーヒー・ショップにいるのに
カンガルーは
もう　明後日の時間まで　Zの街まで
とびはねていた

明後日と今日とは　いつまでたっても
かさならない　時差
カンガルーと　女の子は
いつまでたっても
いつまでたっても
逢うことかなわぬ　恋人たちです

鹿の眼

あの眼をみていると
優しいので　鹿の眼だとおもう
大きくて　いつも
秋みたいに　すこし哀しくて
だまっている　あの眼は
美しいので　鹿の眼だとおもう

静かな　熱い　恋　が　あった
鹿みたいに
みつめたり　だまっている男は
もう　ここに　いない
だが
すばらしいツノをした

ハンテンの服をきた　ハンサムな
牝鹿が　ここにいる
驚ろいた風にこちらをみているその眼は
ああ　わたしの知っている　あの眼
ものいいたげなので　あの眼だとおもう

河馬のデイトは

わたしが恋したからって
笑わないでョ

河馬の恋って　知ってる?
深いのよ
ひと知れずよ
わりと恥づかしがり屋なの
誰も　誰も

やってこない　水にもぐって
水の中で　デイトするの

水くさい
なんてへんなこといわないで！

山羊族の男の子たち

あの男の子は　かわいいな
メエメエ　山羊に　似てるな
人間の　山羊だな
山羊みたいに　よわい人間だな
よわいから
優しくて　はかなくみえるから
いたぶって　遊びたいんだな
と

一匹の　狼女がいいました
ひとり言　いいました
それにしても　狼は
とても　可愛い　イタズラッポイ
魅力的な眼をした
キカない　女の子なのでした

山羊族の男の子たちよ
可愛い女の子には気をつけてください
狼は　その彼女たちの中にいるのです

5

小猫のピッチ

小猫のピッチは
黒い
黒い　黒い　すばしこい
牡猫　泥棒猫　迷い子猫
だが　ピッチは
利口な　孤独な　やくざな
独立心強い猫
小鳥がおそわれたからといって

それは　ピッチのせいじゃない
木の上に　とまってる
空　とんでる　鳥の方が
まぬけなのサ
ピッチの　狩猟は
豹のように正確
時間　スピード　射的
すべては　神技の一瞬
この本能を
才能を
罪と　よぶべきではありません

掃除屋ハイエナのブルース

ハイエナであることは　ブルースだ
ハイエナは　英雄じゃない

昼寝してる王じゃない
ハイエナは　いつも油断なく
ハイエナは　いつも敏捷に
ハイエナは　いつもやや後方で
あいつたちの戦眺め　戦終り
倒れた奴
王のたべのこした皿のご馳走を
そっと　すばやく
ちょうだいしにいく　掃除屋だ
が　これも
神様から　ちょうだいした
ハイエナ族の　食うためのつとめ
ハイエナで　あることはブルースだ
死の残飯整理をかってでる
ワイルドな　たくましい
ハイエナたちの遠吠えは
あれは　あれは

魂の　せつなく飢えたブルースだ

豹のお食事

君は　充分楽天的で　若く
現実的である
君は　王者ではないが
聡明で狡猾　敏捷な
豹である
トゲのある木の上に　すばやく
カモシカをひきずり
のせてから食事にかかる
この几帳面な油断のなさは
清潔だ
これが　豹のマナーであり
倫理であるのよ

みなさん！

カナリヤちゃん

あの男は
黄色い帽子に　黄色いシャツ
黄色いズボンを　はいて
それは　可愛い　甘い声で
「MY・L♡VE」
そういって
わたしの心に　はいってきたのョ

この黄色づくめの
カナリヤ男が
よい声してなく　芸人で

ある金もちの男の情人《おもいもの》とは
甘いカナリヤ男は
女にも男にも　可愛がられるペット
あなたも　鳥籠の中に
似たものを　飼ってますネ

大ありくいよ

細おもての優しい顔
首ながで　まるい胴
前世紀のいきものみたいに
ヨロイをきた
ふしぎな　優しさと　荒らあらしさもつ
爬虫類

いけどられたおまえは
死んでからも　あの世ならぬこの世で
わたしの　フットボール型ハンドバッグ
に　なって住んでるのだが
おまえの　細おもての顔を撫でるたび
わたしは　おまえの
いまは　何もみない眼の穴の
ふしぎな　哀しさに　うたれるのサ
みえない眼　ない眼ほど
みえない世界を
おもいださせるほどに

牛には牛の

ぼくはツノをたてて

赤い布にむかうより
よい匂いのする　あの年増の
牝牛が好きなんだョ
と　いうことを
人間たちは　知らなくて
ぼくを　ムリヤリ
闘牛場へ
牛には　牛の
恋には　恋の
ツノに　つのる一念あるのを
きみは　知らないで
やたらに　赤い布など
ちらつかせるのではないよ

ポピー

ポピーは　小犬
おまえのこと
鼻をならす　甘えんぼーの
愛という　ミルク
求めるベビーのこと

わたし　ポピーじゃないわ
おれは　ポピーでなんかないサ

女も男も
としとっても　としとっても
大人になることをしらない
愛のミルクがほしい　ポピー
愛を　ねだる　小犬
たちです

象の永遠

巨象たちは　ゆっくりした足どりで
むこうへ　あるいていく
むこうに　いきつくと
もう　消えて
誰にも　みえない
むこうとは　永遠
むこうとは　死なのです

白い　大きい亡きがらを
ひと目から隠す象たちの
死への　つつましい礼節よ

トナカイ、トナカイ

ソリをひいてるのは　だーれ
トナカイさん
サンタクロースを　のせてるのは　だーれ
トナカイさん
わたしをひいてるのは　だーれ
トナカイさん
どこまでつれていく気?
トナカイさん
と　いったって
走る　走る　ソリ
走る　走る　恋
走る　走る　トナカイの
走る　さきなど　恋の末など
誰が　知るものか
知らないから　走るのだョ
この世は　みんなみんな盲のランナーなのサ
トナカイさん

ヤモリを一匹

ヤモリは京都の生まれ
トカゲとも　ちがう
ヘンな　地味な　ちいさな
おとなしい　臆病な　いきもの
ヤモリが　急に死んでも
恋しても
恋に　破れても
世界は　ちっとも　気がつかない
そんな　ヤモリを一匹
女の子は　大事に　大事に
飼ってました
大事に　大事に　心の中に
しまっておきたい　誰でも

一匹の　秘密の　ヤモリが
あるはづよ

駝鳥がカンシャクもちなのは

カンシャクもちの
あなたの眼みてると
くちばしをみてると
ホントに　おかしいわ

恋人とられたわけでも
夫婦げんかしたわけでもないのに
恋敵みたいに
わたしを　ニラミつける

駝鳥が　あんなに速く　走るのは

大きい　長い　頑丈な足をしてるのは
鋭くって　カンシャクもちの眼をしてるのは
きっと　きっと
この世に　生まれない前から
憎い　恋敵がいたのですネ
失恋してたのですネ
オクサンに逃げられたんですネ

＊　本詩集は一九七〇年山梨シルクセンター出版部刊。装画、宇野亜喜良。

紅葉する炎の15人の兄弟日本列島に休息すれば

増殖する夏その15人の兄弟

最初に一滴が墜ちる
熱い眼のふちから　すると
夏らは　隠れていた森の深緑の葉ゆるがし
海辺の波の白い歯けたてて
砂浜　裸足で　こちらへと
光る鏡になって走ってきて
たちまちに汗となって増殖する
数百　数千　数万の夏　夏の兄弟　姉妹
その親族　縁者　そのまた仇敵たちよ
ここに
われら増殖する夏　多産の　悪徳の
夏の十五人の兄弟がある
十五人の屈強な夏のポパイ力の兄弟よ
長兄は空をかかえる入道雲になり
次兄は海をかかえてヘドロを洗う船乗り

三男は地面をかかえて空地あればひとに国に売り渡し　地球の土地こま切れにして
土地切り肉屋に墜ちるこの世の地獄師
四男はマリファナを吸う　煙草を吸う　吸い師　この世にある葉という葉を吸って煙をつくるを業とし　夏の　この夏のピアニシモからフォルテへと急増殖する中も　この煙のエクスタシーをつくる作業をやめようとしない
なぜか？
これらの質疑応答にも煙語しか使わないのは火葬場の煙言語と似る
だが厳然とちがうのは匂である
五男は　ありとあらゆる匂をかぎ歩く
男が女の方に鼻ひくつかせる　また牝犬たちが牡犬を蚊帳に呼ぶ匂から　腐った豚の腸詰　腐った才能の水死し始めた緑の球根　明後日の方に乾いてゆく欲望という名の猿すべり　ひとすべりの赤い花　鼻　これらの匂をかぎながら　もはや死にかかって死なない母のすえた乳房のあいまいの甘い巨大な愛の空洞もかぐのである
六男は地面を這う　ほとんど四つ足で
二本の足でゴリラのように立つより

四本の手足で這うのは　くまなく　すみずみまでさわるためである
　六男は盲目のさわり師である
空をもみ天候の気分を伺い　地にふれ　土たちのきげんふきげんを伺い　海に
　口寄せし
魚たちの呼吸の具合　潮たちのみちひきを
処女の腹の上まさぐるようにさわり　感触の哲学《フイロソフイ》を思考するのだ
七男は踊る　いつも地面に両足をただ漠然とたたせるということはない
肉体を楽器にし　この肉体を屈折し　くまなく四肢を演奏しまくる
　するとひとは彼をダンサーと呼ぶ
この踊り師にも踊れない場所がある　彼はこの肉体なる楽器をもってありとあ
らゆるこの地球の場所に内なる音、内なるリズムを求めて踊るのだが、おの
れを透明にすることも暗黒にも虹色にも熱し輝かすことができるとしても
　ふと死ぬ死の場所には入国できない
誰も死者をマネ、死をマネるだけである
死そのものは踊らないからである
八男はマネ師　またの名を役者という
いつも自分でない何者かを生きる

変身するので自分というのが見つからない
非常に生まれおちるとから探し始めている自分を
何者かにたづね　何者かの思想を　かたちを
なりふりをマネてるうちに　また
何者かの背後に自分は忍者のように姿を消しているのだ
一生たづねるだろう　おれは
とマネ師はいう
八男マネ師は七男の踊り師にチャールストンを踊らせながら〝おそらく〟とい
う
この夏の中に隠れているのだ
急に　急激に増殖している今年のこの夏に
あいつは　つまりおれの自分はいるのだろう
何百何万何億の夏という顔　夏という細胞
夏という思想　その感じる手　指たちよ
そのどこのどれにおれは緑をしたたらせ
強硬におのれ自身でいるのか　在るのか
九男は祈禱師である

兄たちのおのれ　また夏を祈り伺うのである
どこにいるかと
宇宙のくまない空間に充満している宇宙エネルギーこのサムシングに想いをかけながら
九男は食を食うとか労働するとかアクビをするとかの代りに祈禱をするのである
これらの祈禱は祈禱であればよく　何教でも何宗でもよい　すべての祈りのむきはキリスト　マホメッド　あらゆる派にいたるまでたとえ蚤シラミのたぐいでもよい
祈禱は祈りの共和国なのだ
十男は　眠る　生まれおちるとすぐ眠りはじめて誰もこの眠りを呼びさますことはできない　秋が冬になり氷がこの男の頰を打擲してもまた春の雪どけがきても、いっしょに眠りがとけだして百年の眠りからさめた王子になることもなく　もう生まれ墜ちて何十年たつのにこの男は眠りつづけている
眠りつづけたまま笑い　唄い　しゃべり
めしを食べ　恋をするのでひとは彼をまったく　さめた人だと思い役職につかせようとするのだが　また花嫁を世話するのだが

この眠り男はそのたびに弁舌をふるい　よく笑い　さては女についての意見を
　あれこれいう
〃よく太った女でなくては〃
眠りで太った男は更にもうひとつの豊満な眠りを求めるのか?
女房の豊満な肉体の中に巣食うマンモスの形相をした眠りと交合しながら　こ
　の男は幾百　幾千　幾万の眠りという子孫を
宇宙の川岸いっぱい　卵のようにうみつけることを夢みているのか

十一男は泣く　どうしようもなく涙がでるのだ
ひとは　あいつは雨だという　雨乞いにくる百姓の女のからだにさんざんの雨
　を射精すると女もまた泣き濡れて田んぼ一面いっせいに蛙なきはじめ　金色
　の米がボッキする
夏は思う　まちがいなく豊作だ　あの女のからだの田んぼは
だが泣きすぎる夏　この十一男の嗚咽があまりに強い暴風雨になると日本列島
　は下痢し
モロモロの豊作を　女の田んぼの股　切り裂いて流し去ってしまうのだ
泣くこと　非常に泣くことと　泣かないことの間で　この十一番目の男は

おのれの眼の田んぼに苗を植える
そのそばでふと耳をそばだてるものがある
十二男は　非常にきくのである
非常に急激に増殖する夏にまざって増殖する人類という名の頭脳の球根　そこから吐きだされる廃液の黄色いリボンの川
ピラニアが　急増殖する人類の夏の骨にとまる
骨の森林みつけて　遙かなる土地の川わたり
貪欲に子を産卵しながら　川のぼり
森林の緑の幹また骨また肉　食いやぶりにくる　それらの音は最初モーツァルトよりやさしいピアニシモなのだとこの耳男はいう
更に　この十二番目の耳男は　地球の胎盤に
子宮に　ヘソに　頭脳に　心臓に　耳あてて
きくのである
宇宙の心音に喘息の気はないか　と
そこにみみずが湧いていないか　と
非常にやわらかい空気に繁茂するみえない蜘蛛の糸は　空を旅する人間のノドを吊るそうとするのだが

ジェットになり　酸素をくいまわるこれら鋼鉄でできた人間には
この　やわらかなトリックは　みえない

みえるのは金銭　みえる隣人の悪口から飛びだす泡　みえる美人のラクウェル
・ウェルチの足
だがみえない　彼女の陰毛の沙漠に埋もれている不毛の魂の刑場
すべての肉の沙漠の行きどまり　僻地には
不毛の魂の刑場が砂中深く埋もれている
生きながら死んでいったものたちの
つるつるにそがれた頭部と
哀しみのアナナスの血痕がある
刑場の音もきこえる　処刑をうける人間も
これから処刑場へ旅だつ外人部隊の
名前と国籍と過去をずっと以前に失なったない顔らの蒼白の行進もみんな　き
こえる　非常に
耳そばだてると　いま
幾億の人類の赤ん坊の急激に産声あげて生まれるのも　あッ　この地球に

いま　増殖する夏らに夏がしだいに犯され
おかしがたい疫病にかかって　毛の抜けた牝ライオンになり　密林のあちこちでトッゼン、斑点を全身に現し、あるいは泡をふいて倒れていくのもきこえる
これ以上　夏もあれもそれもふえてはいけないのである
しだいにふえる棺桶にもう　それらの増殖する死は　はいりきらないのである
にもかかわらず　今度は非常に身近く
なにかの　折れる音がした
これを耳男は　きいた
死につかまった夏の人間　彼のすぐの弟十三男の脳髄の部屋の椅子の一部がフイにくづれたのである
この男は生まれた時から白い経帷子をつけていた
十三番目は　生まれた時から死にはじめていた
小学校の遠足の時も
みんなは希望の川の方にと歩いていくのに
この十三男だけは死の川の方に歩いていた
ひとりだけはぐれていることに誰も気づかない

たいへん淋しい　顔色の悪い黄泉の国の表情だとひとはいわない
貧血気味で栄養分が足りないんでしょ
母親は　この十三番目の息子にミルクを誰よりも沢山のませた
ヒソ入りのミルクだと　一度も法廷でミルクは告白したことはない
死は緩慢に　あるいはトレモロで
白い経帷子の十三男と同衾する
十四男は　何かをくちずさむ
ほとんど　きこえないほど心の奥で
〝あいつは死んじまうにちがいない〟とか
これらの予言に似た唄にはポエジイの犬がしたたっているのでひとは彼を詩人
　と呼ぶ
十四男は詩する夏のオルフェ
ギターもハープももたず山も野原も吟遊しないで　しだいに海が濁っていく地
　球のひとつしかない素朴な頭を撫でているのだが
急に毛根が痛みだした地球の不眠症よ
十四男のくちずさむ　いかなる詩の一行も
この毛根に回復の愛も緑の黒髪も与えることはできなくて

最後に　十五男は笑う
十五番目に現れたこの夏の屈強な最後の弟は
ほとんど何もすることがないので笑う
笑うということはゴリラよりすぐれているのではあるまいか
それにもう人類も終焉に近づくと笑わなければ不安なのである
笑う以外に人類を他のいきものたちと区別できる法などまったくないと思いは
　じめる
人間は四つ足になり　トッゼンどもり、オシになる　けものの声で吠える
闘争して　仇敵でもないのに鏡のむこうにうつっている親族を殺してみる
姉妹で犯しあってみる
科学を推進してみるという頭脳のロケットにたえまない挑撥と賛辞をおくる
オーケストラを奏でて　国歌を演奏する　この時　詩人に唄えという
これらの深長な深慮の軽挙妄動の二つ足の美丈夫たちの千鳥足よ
十五男は　かろうじて笑う
最初　太陽の大口あけて　カッカと大笑していたのに　彼の笑いは
　日増しに疑い深く用心深く　つつましやかにちいさくなる
だがこの笑い男は充実する夏の実の熟するある昼さがり

ばったりと笑いをとめて動かなくなる
葬送がはじまったのである
遂に
屈強なこの夏の十五人の兄弟のひとり　十三番目の経帷子の男　死に到着した
　のである
屈強な空かかえる長兄の入道雲を先頭に
ヘドロの海さらう次兄の船のり
三男の土地切り肉師
四男の吸い師
五男の匂い男
六男の盲目のさわり師
七男の踊り手
八男のマネ師
九男の祈禱師
十男の眠り師
十一男の泣き男
十二男の耳男

十三をとばして　十四男の詩人
十五男の笑い男
これら屈強なポパイ力の十四人の兄弟
完全な死となった十三男の棺をかつぎ
夏を行進する
しだいに明るくフォルテで熱くなる　百万力の夏
ポパイ力の夏よ　その中を
十四人の屈強な兄弟　汗ふきはらい
弟の棺かつぎ
厳粛に葬送の唄となえ
行進するのだ　埋葬の地にむかい
行進するのだ
むらがる夏　緑したたる幾千幾百のアブよりうるさい　すさまじい夏の細胞の
網かきわけ　かきわけ
十四人の屈強なポパイ力の兄弟は行進する
夏はトッゼンの尼僧の衣の裾はらい
はらむ丘となり　眺望ひろがるなか

この十四人の屈強なポパイ力の兄弟は
一直線に　このまろやかな丘をのぼりつめる
進路は　この日やさしく手をさしのべてるかにみえたが
進路は　夜にならない前に　気まぐれの枝に
やさしく身をまかす娼婦に似て
行手は　たちまち
混乱の葦しげる沼地だ
十四人の兄弟
地上高く棺かつぎあげたまま
直立不動で東西南北　どこへでるべきか
狂った葦の右へ左へ迷いに迷いそよぐ沼地にたつ
狂った葦の右へ左へ迷いに迷いそよぐ沼地にたつ
母親は泣く
大嗚咽で十三番目の息子の
生まれでない前からつけていた白い経帷子にしがみつき　死が死ぬのを泣く
死が死んだのを泣く
死は死んだので泣かないが

生きてる母は死が死んだといって泣く
死んだものは泣かず生きてるもののみ泣く
この涙は羊水より大きい
人間の生まれでる日の湖より　遙かにたくさんの涙を生きてる人間たちはこぼす
この涙の大洪水には必らず心中や溺死者たちの姿がみえる
溺死者は年々多くなる　水死する夏がふえる
夏は　急増殖し
何千　何百　何万　何億となり
もう絢爛の夏にも狂気の夏にも収拾しきれなくなり
夏の多くは
夏にならない前　ホンの胎児の頃から
水死しはじめる
溺死か　飛び込みか　意志的な集団自殺か
毎日　東から
生まれたての夏の赤ん坊たちが何千何百という大集団で
この母なる夏の涙の大洪水にむかい

ピラニアのように押し寄せ　飛び込む
成長しない前に死亡する数々の夏という
青い　淡い　若い　薄い赤ん坊よ
父親は哀しむ
父親は壮健でまだ充分生きられるというのに
彼より若い息子　十三番目の男は白い経帷子つけたまま　先に死に到着したのである
〝おれは　そんな風には　いわなかった〟
父親は最初の裏切りが死だと思う
彼の道徳は生きることなのに息子は死んだ
父親という全夏は全生きるにむかっているのに　その裏切りが彼の内なる息子に現れた
死とは病気だ
死とは悪魔だ
死とは呪い以上だ
父親という全夏は　全生きるにむかっているのに　彼の壮健な夏の家族の一人に死という黒斑病が現れたのだ

父は夏を炎やす　死斑がみえたすべての夏は
まだ死があたりに蔓延する前に炎やせという
だが
沼地にたつ十四人の屈強な兄弟たちには
きこえない
十四人の屈強なポパイ力の夏は
明日　この沼を出発するであろう
右往左往する迷いの葦をはらいのけ
地獄の方にいくか
天国にいくか知らないが
十三番目の弟の棺をかつぎ
夏を　非常に　邁進行進するのだ
すでに死斑があちこちに蔓延しはじめた地球の
だが　まだ緑なす黒髪の存在を信じ
太陽の昇る方向にむかい
非常に
急増殖し　急激に何千何百何万の

ポパイ力の屈強な夏男たちがふえ
数千数百数万の夏の母たちが嗚咽し
それと同じ数だけの夏の父たちが哀しむ中
屈強な十四人の夏の兄弟は
沼をわたり　朝をわたり　今日をわたり
明日へ　わたりにいこうと
弟の棺をかつぎ
行進する
幻の屈強な十四人の夏の兄弟が　今日も
夏のおいしげる中　増殖する中
一人の死をかかえ
埋葬の地をもとめ　行進するのだが
わたしという全夏は　いま
亡びゆく地球の全裸の上に
蟻のように歩いていく彼ら
屈強な十五人の兄弟をみる
死んだ一人も棺より這いでて精霊という影になり

おのれの棺を　他の十四人と共にかつぎ
いま　産卵　飲食し　哄笑し　さては
政治する地球の　この猛烈な
滑稽の夏らの背の奥を
針よりも細く深く行進していくのがみえる
非常に　点よりもちいさく遠くなり
行進していくか?
非常に点になる　非常にみえない点になる
が　つねに　彼らは
わたしというこの全夏の視界に
地平線に現れる
あれをみよ
あれこそは　まちがいなく屈強な夏の
十五人の兄弟　かつて
十三番目の弟生存していた時と同じに彼ら
わたしの地平線に一列に
緑の屈強な原野となり　たちならぶ　と

わたしにむかって　すでに恐ろしいスピードで育ち　のび　淋しく繁茂しはじめる
夏　このワイザツな緑の家族よ
これら　屈強な十五人の兄弟
わたしが素手であることを知ると
素手と知りながら
いっせいに　緑の十五の銃をかまえ
射撃用意！　発射しはじめる
天高く　地低く
これらの銃弾にわたしの空はくまなく
充実の穴があく
わたしの腹部　大腿部　これらの大地くまなく　傷痕の緑の炎　緑の砂煙
これらの一陣の風をよびおこす　と
屈強な十五人の兄弟　わたしの意識のまぶたに飛びこみ　緑の傷痕ものこさずに昇天
しかし
これらの昇天は昇天ではない

わたしのイリュージョンにとらわれた仮死にすぎぬ
その証拠に　たちまち
わたし　この全夏の意識の沖はさわぎはじめる
屈強な幻影ならぬ十五人の夏の兄弟が
わたしの水平線に現れたのだ
あッ　カラカラと白い波けたてて笑う
抜群の沖と化す彼らの白い舞踏
たちならぶ屈強な夏の十五人の兄弟
そのヘラクレスの肩で　かたちづくられた沖は
筋肉質に波うち
これら筋肉の海のラインダンス
わたしの唇の海岸線にむかい
いっせいに愛液となっておしよせる
わたし　この夏の乾いた唇の奥
この熱い暗い砂地に
かれら　十五人の兄弟　海を
そのヘラクレスの肩からこぼしながら

裸足でどんどん　はいってくる
わたしの唇の沖へ
一滴の水もない熱砂地獄の暗いサボテン砂漠へ　たちまち
海の屈強な夏の十五人の兄弟
呑みこまれる
屈強な十五人の兄弟の　悦楽に充ちた断末魔の声が
わたしのノドの奥　不意の砂なだれになってきこえる
わたしの頬が　雨も降らないのに
トツゼンの海に打擲され　濡れるのはこの時だ
打擲され　わたしの仮眠の夏の頬が
イリュージョンの十五人の兄弟の足にけやぶられ
容赦なく　目ざめの沖に投げだされるのがみえる
非常にみえるのである
非常に　この日も
増殖してわたし自身にわたしがみえず
数え切れず　何億になっているかもわからぬのに　これら過多の夏にして　唯
　一の夏であるわたしにはみえる　こんどは

遙か前方　いや
ほとんど顔にぶつかるほど明らかに近く
屈強な夏のポパイ力の十五人の兄弟が
みえない棺かつぎ
ほとんど馳け足で通りすぎるのを
ほとんど飛脚の速さで
全身から緑の夏液とびちらし
全脳から精神の火液とびちらし
ほとんど飛脚の速さで　いや
ジェットの速さで通りすぎるのを
ほとんど何にむかうスピードか
だが
非常に急激に増殖する夏
多産の悪徳の夏に
わたしは　みるのだ
わたしたち屈強な十五人の兄弟
この幻以上の真実を

真実の幻を

狂ったトマトを頭に植えた少年たち

今日
モハメッド・アリは
世界で一番みにくい男と試合をするといった
美しい男のおれが勝つぞと
モハメッド・アリが　うつむいて
焦燥の空に自分の影を隠していると
わたしの狂気は　ノド許から
胃の方にずり墜ちる
その音は　淋しさから絢爛の帯をひっぱり
男と女の舌からみあわせる錦絵だ
その錦絵のうしろ　そっと忍び足で
アリは背中の方から自分に

入っていく恥かしがり屋《シャイ》な男だが
背中の方に独りで入っていくのを
ひとびとはみない
ひとびとは太陽がまぶしすぎるといい　汗をかき
サングラスの中で二、三度目をしばたたき
京王プラザ新宿のビルの上で
赤いトマトの夕陽が墜ちるまで
ビールを飲むのである
バックレスの女の子が通るよ
だがみるのは　みえる背中の皮ばかり
みえない背中が　いく重《え》にも折れまがって
おのれのうしろに　入っていくものを
誰も関係ないと　みないのだ
すると少年はハシカになり
ロマンを股の間にはさんでいる男は
パイロットになり
青い国から　飛んできた

美味しい狂気を
四月のタイム・ディッシュの上にのせましょう
非常に少年及び少年たちは
夕陽のくさったトマトをみつめすぎ
頭の中に　数百の狂ったトマトを繁殖さす
くさったトマトなのヨ
大人という医者は聴診器あて知った風なことをいい　学校に戻り勉強せよ
というが
少年及び少年たちは
クレオパトラの幻影泳ぐナイル川に
ぼくたち水あびにいくのよ　と　もう
水に入らない前から恐水病だ
恐水病の少年が次々と自殺し　水死するのを
水の中から　クレオパトラ　おきあがり
ふところに　抱きあげては
地獄おくりもできなくて
五月の緑の野辺に

幾百のまだ育たぬ百合科の少年たちが
狂ったトマトを頭に植えたまま
クレオパトラに
憎悪の恋を発射する　射精する

クレオパトラを写生し終った少年は
もう　充分　画家になっていた
そのつもりだ
古代から現代までつづく不滅の女クレオパトラが
田んぼの中で　蛙のみている前で
少年の父と抱きあい
田植ゴッコをしているのをかいまみるまでは
充分　画家でいられたのに
母なるクレオパトラ
愛人であるクレオパトラが
ストリッパーになり　裾をまくると
もう少年の頭のトマトは

腐った赤い色に怒張する
どうして　腐ったトマトを
クレオパトラの威厳のある優しさに　ぶつけるか
どうして狂気のトマトの種を
クレオパトラの腹部に植えるか
田んぼの蛙に　ヒルに　ひそひそと
告げ口して　クレオパトラの帰る途中
襲撃するのだ！
クレオパトラという全世界を
襲撃しようと
恐水病にかかった少年　及び
頭に狂ったトマトを繁殖さす少年たちが
六月の田んぼの地平線に一列に並んでたつ
六月の田んぼの暗闇の地平線に一列に並んでたつ
暗闇の田んぼのトマト科の少年たちは
蛙の僧正らの大合唱の念仏に
一列に並んだまま　しだいに濡れて

洗脳されていく
洗面器の中に　数個のトマトの脳髄
朝おきるたびに少年の母はみつける
数匹の蛙の腹部に濡れる愛液もまた　そこにみる
洗面器の底　底のひどい
暑い日でり　夏　七月
トマト畠は急速に赤く繁り　腐乱し
次に老いる
夏にみのらない前に
少年たちは老い　早老《そうろう》の海に萎縮し
こぼれ墜ちていく
腐乱した脳髄のトマトをかかえたまま
ゆっくりと　沖にむかって
沖　なにものかの沖を信じて
泳いでいく
数百　数千の少年たちが泳いでいく
トマトの頭をかかえたまま

その頭上には　飛行機雲が
白いオルガンを弾いている　そのペダルの
あたりからすでにオルガンは　けむり
透明な　消滅にむかっている

くらげがいる
この半透明な脊髄のない思考
思考という影ですらもない海の夢遊病者
これらといっしょに
トマト科の少年たちが
ことしも夏の終りの沖に　この沖が
なにものかも知らず　泳いでいく

クレオパトラは胃を洗滌する
便器にすわって
この夏　彼女に流れこんだ幾百幾千にして唯一なるトマト菌に犯された少年の
狂った脳髄を

一息《き》に飲みほした胃を洗滌する
死期は　目前
にはない
クレオパトラは遙かなる死期をかかえている
この半永遠の時間　彼女は
あともういくつ何億の
トマト菌　また半透明のくらげ菌に接し
非存在の少年たちの軽すぎる汚ない尻のために
愛撫の雑巾を縫うか
縫わねばならないか

秋になると　棺ならぬ缶詰の中に
いまや　生きてるつもりの
かつてのトマト科の少年たちズラリと
首を埋め
スーパーマーケットの店頭に並らぶ
缶詰という偽瞞を

まだ信じているふりをする人類たちの
7メートルにわたる腸の川を
遊泳するために
これら死ですらもなくなったトマト科の
少年たちが　むごたらしい半生《なま》の
おしつぶされた脳髄かくし
缶詰のレッテルから
にっこり　赤い夕陽の頬染めて
微笑するのである　冷凍微笑するのである
それだけである

雨季・または脱出の試み

でたり　はいったりする
雨季を
わたしたち　もつ

これは　トツゼンに
非常に　緩慢に
だが　怖るべき忍耐強さで
淫靡に　わたしたちの日常に侵入し
侵食しはじめる
雨季とは
日常の空をおおう盲目の大洪水
わたし及びわたしたちは
その時　はじめて
わたしたち　しだいに手足をしばられ
包囲されたことに気がつく
心臓などは
ミルクポットの上で
あッ　母親の乳房夢みて
眠りつづけるシッポの短い小犬《ポピー》
（これを救うスプーンはない）

わたしたち
非常に　である
夢　このキノコ型の夢魔が降りつづける雨季を
抜け忍となって
ない窓めざして　脱出をはかる

雨季は　ひとつの密室である
雨季は　また無限大にもなる悪質の
わるい匂いのする小宇宙
マレーネ・ディトリッヒの胸に
この小宇宙が古びたブローチになってぶらさがっている一枚のドレスの写真が
　ある
だが　雨季は
ブローチのレンズを透して
永遠くらいの時間にむかって拡がり流れる
わたしたちは雨季に遭遇する
生まれおちるとすぐはぐれた双子の兄弟に

出逢うように
しかし
雨季とは　決定的死でもある
眠りを眠りつづけることは
かんまんに死に驀進する無形の黒い機関車
幻の列車　車掌も運転手もいない茫漠である
わたしたちは
緩慢なる死　すべてのあいまいの霧に
みえ隠れするこの正体のないモンスター
雨季に挑戦する
雨季に宣戦布告をする
いいかえれば
わたしは　顔のパンティをとりかえる
わたしの顔は　すでにパンティなのだから
それを　とりかえようが
捨てようが　顔としては知ったことではない
福生《フッサ》の街

たちばなの店に赤い提燈がつく
ＢＰで黒いバナナたちが
雨季のタケノコとなって繁殖する
ＢＰの村《ビイレッジ》に集まる黒いバナナは
もはやバナナでない　一個の人格だ
バナナは　勇気ある貪欲の哀しみ
欲望という名の大蛇
金銭を愛するクールな自由《フリーダム》ファイターだ
雨季には　誰でも
雨宿りを考える
雨季から　いちじ逃がれにホテルに
ずらかろうと
男と女は手と手をとりあうが
ホテルは一晩三千円
男と女の時間の歴史から一晩と三千円をひいても　これらの雨季の長さは
ほとんど　変わらない
むしろ　延長したようにみえる

雨季は　終るということを知らないからだ
すると
男と女は雨季を　でるか
はっきり　はいるかしかない
そこで男と女は
これらの Raining Season をでたり
はいったりする　が
それが　いつまでつづくことが可能か
女の中では
すでに　外なる雨季より烈しく
内なる雨季が　はじまってる
その音は　射精より烈しいので
男は　耳を抑える
きいてはならない　きこえてきてはこまる　のである
女の中なる雨季を
走る豪雨に
男は　しだいに

うちひしがれる　うちのめされる
男たちが　いつもおのれの塔を閉ざし
最初に　インポになり
その魂のつけ根を　またの間につって
死ぬのは　これらの
さんざんの　暴力的豪雨の呪詛による
女たちは　存在そのものが巫女である
これらの豪雨は彼女たちの知性の知るところでない
それ故に　豪雨は男たちにようしゃなく
女の内なる大地
その薔薇色の小宇宙に憎悪よりも快感よりも
烈しくふりそそぎ
女たちは平然とアミモノをしている
アミの上で魚をやいている
その夫というもう一人の種族のために

雨があがる

一瞬の晴れま
あっ　ひとびとは解放されたと思う
雨季は終り　戦いは終ったと
新しい何かが　はじまるのではないか
その期待に　ひとびとの眼らは
光るヒマワリだ
ひとびとの脳髄もまた光る魂のヒマワリになる
ひとびとの胸もまた　日にむかってさんさんと
まわりはじめる
百姓でもないのに　ない田んぼの緑にむせる
ない畠の　ない丘の　ない山の
果てしもない緑にしづくとなっておちる光を
てのひらで集めては　すくって飲もうとするひとびとらは
すべてのひとびとの意識の眠りの谷間のふちにおしよせる　雨季は
非常に　かんまんに
だが沈黙をまもるので　彼の行動は
さだかにはわからない

雨季は　つねに　待機しているのである
なにものかを　ひとびとが待つように
雨季は　つかのまを　他者に解放するとしても
おのれの領地をひき去《さが》る大蛇ではない
雨季とは　主《ぬし》である　百万年来の沼に住むあの大蛇のように
雨季を追いだすことを
領主であってもできないのを　この雨季人
たちは知っている
わたし　もまた　いまは
かりそめの　雨季人である（ならば）
わたしは　わたしのかりそめから
脱出しようと　わたしのわたしたちの
かりそめでない雨季に強姦　強奪されたあの
幾百の首のない花嫁らの胴体に
不意の　合図を　悪い犬らをおくる
これらバラ科の犬らに襲撃させること
犬属のゲリラになるほかに方法《みち》があるか

わたしは　不意の犬　不意の悪いゴキゲン
不意のシャーリー・テンプル人形
不意の　不定型の雲状の欲望らを
懐中にかかえながら
これらの　雨季が　ほんのわずか
うわまぶたを閉じたすきに
脱走をはかる
遠くの田んぼで　弟たちは
ヒルに吸いつかれたまま青い汁をはき
死んでしまい
恋人は　わたしの義眼にはまったまま
もう　永遠にでられないと窒息しかかっているし
わたしの生む筈の赤ん坊は未来をきらって
過去時間の方にさかのぼるといい
タイムトンネルを数億年むこうへと急上昇しはじめて
わたしの父と母は　いま

白紙の新聞の中に　文字も墜とさずに
消えていこうとする　シミすらもないとこで
わたしは　わたしの
頭を　パンティのようにぬいで
できるなら　心臓を
悪性の喘息にかかった犬らに喰わせながら
ここを　ひきあげようとするのだが

わたしは不滅の Raining Season にいる
それ故に
わたしはこの永遠に
濡れつづける栄光と毒とを享受しつづけて
乾くということを　知らない
また　わたしが
雨季をでたり　はいったりする
というのも
それは　わたし自身

わたしに　入ったり
出たりすることなのだ
雨季は
わたしにして
わたしの関知しないコスモス　絶対他者であるいれもの　なら
わたしは　キャベツのように
この容器にうづくまり

この季節に食べられよう　また
この雨季の飼いならされた哲学《フィロソフィ》の踵に
下腹を　撫でられもしよう
が
不器用に
非常に　脱出しない
そのように　粘土に執着する　トッゼンの
快癒もある
不意に　なにごとも不意にである

トッゼン　わたし及びわたしたちは
再び雨季にもぐり
もはや　そこから脱出するまいとして
わたしたちが　雨季そのものになり
わたし及びわたしたちの上に
ふりつづけることにより　あッ
わたしの中で
快くなるあれよ　こうして非常にさみしくなる不可避の快癒に
むかう雨季の誕生を
わたしたち　ない網膜にみるのである

CRAZY HORSE 豪雨を往くの季節

これは春にならない前
イースターの卵が
復活を　あなたに　キリストに

せまらない前からだ

わたしたち猿族の僧侶ら　みやびやかな
衣《コロモ》きて　快楽の断末魔の季節を
眠りつづける上空を
三日月の鎌の鋭さで　トッジョ　ひき裂き
狂気の馬一匹
縦真一文字に　走りだしたのだ
一匹は　またたくまに割れて二匹になり
二匹は　十匹の影となり
いま　数万の狂気の馬らが
三日月のたてがみの鎌ふりふり
わたし及びわたしたちの日常の思惟の上空を
ひづめの音も高く
走っていくのである

おお CRAZY HORSE 狂馬よ

おまえは天空を走るがゆえにみるだろう
この日常の食卓で
猿のみどりご　猿の僧侶　猿の娼婦ら　みな
熱病にかかり　蚤の恋を吸っては
かぎられた幽玄で遊んでいるのを
幽玄に鍵　または限界があるか

わたし及びわたしたち猿族は　いま
落下している　もはや木に住まない
地上を蜘蛛のように這って
亡びるという服を着ている
これがわたしたちの　ない信仰だ
快楽は　唯一のまばゆいウソであるならば
これらの偽瞞を　死守しなければならないと
猿たちの軍団は　唇ナプキンでぬぐいながら
思うのだ
だが

桜が　ふたたび咲きだすと
わたしは　猿族のながい団らんの経典から
ぬけだして
あッ　猿でない時間へ　裸足で
走るのだ
わたしは桜にまみれ　春らんまんの
花の異臭の上を　この季節の甘い不確《たしか》の上を
走るのだ

わたしの全身に塗りこめられた猿族の呪文を
猿族の歴史を　猿族の食習慣を
猿族の礼儀作法を　猿族の法律　猿族の義理人情
また薄情を
わたし　玉葱の皮むくようにむいて
この猿族のブルースから
走り去ることができるか

人類が人類から去ることができず
しだいに　人類をしばり　犯し　繁殖させ
滅亡していくように
わたしもまた猿族の経典に刻印され　束縛されるか
だが
桜が　ふたたび咲きだすと
わたしは　イースターだと叫び
猿族のプライベイトな因襲から
ひっそり抜け忍になり
走ることこそアリバイだ
イースターだと叫び

だが復活の悪夢を誰も夢みない
ここには　死すらないからだ
誰も死なないのだ
葬式をだした家はない
だが　生きてるものたちが　それぞれ

自分の生首《なまくび》を
桜の木の下に埋めはじめる
春が　なま暖かいのは
生きてる死者たちが
土の中で　息するからだ

クレージーだなんていわない　この季節は
みんな　すこしづつ狂気を常食にし始め
緑色になりかかってるだけだ
狂気にならないと　みえないこともある
正気だと　あれが　みえないよ
そういいながら
少年たちは　背中に羽をつけて飛び立った
放浪するのは
いつも帰りのない旅にでることだ
目的とか射的なんていらない
弓がどこにあり　旅がどこにむかうか

咲いているハマナスだけが知っていて
答えない
羽をつけた少年たちも
ロンリーの行先を知らない
こうして
春が熟してうれおちる頃
ひとり　ふたり
ロンリーたちは　狂気の季節の方へ
すこしづつ　侵蝕していくのである

雷鳴がなる
トツゼンのイナビカリが
少年やハマナスの上を通過する
抜け忍こころみる猿族の尾をつけたわたしの
魂のヒレの上にも走る
夏はまだこない　といって
春はとっくに去った　この

どこにも所属しない季節の不確かな
ムーディの雲の上を
鳴ったのは　雷鳴ではなく
あの　すべての季節の予感である狂馬の
天空かける　百万のヒヅメの音で
あるかもしれない
ジャスミンの香りつけて
タン壺に百円ちょうだいと叫びながら
あの六月の土曜の忍ばずの池の
朝鮮海峡を　わたしは
死んでも死なない女よといって
イカダにのって夕闇に消えていった女の
やさしい赤い陰毛にも
雷鳴ならぬ
百万の狂馬のヒヅメの音が
とどろく炎になって
通りすぎるだろう

プロレスラー・ティンカーの丸坊主の頭に
まだ　勝ちも負けもしない新宿京王プラザの
夕陽が照り映えて
彼は　ゆっくりとカール・サンドバーグの
詩を口ずさみ
教養あるポパイ　またはアンニュイとは
無縁のまなざしを　テーブルの上の
ビーフ・ステーキにむけて
おそらく　雷鳴というのも
狂馬も　彼は自分の四肢の足下に
感覚するだろう
彼にとって　天空とはリングであり
そこは　啓示にみちみちた場所である
いまや
狂馬は　天空をはみだし

後楽園のボクシングジム　上野の忍ばずの池
西荻のモンローの幽霊住む寝室
ポパイとオリーブのスカートづりおろしたセクシーピンクのポスターの
一枚の中にもヒヅメの音も荒らく
侵入するのである

わたし及びわたしたち猿族の終焉の声は
すでに日常のスープの底深く溺死し
きこえない　猿族の陽気な怨念を伝える蚤一匹
まだこない夏の突端に
イナビカリの照明あびて　沐浴すれば
海鳴りならぬ雷鳴が
豪雨をつれて　海のむこうから
いっせいに　次なる季節の使者となり
予感の幾百の卵を抱いて寄せてくるのを
日本海ならぬ
池袋のパルコの屋上にたってみるのである

ヘラクレスの懐妊

非常に　急速に
わたしは　美しい東方の緑の地の
ロマンの馬から訣別し
醜い　ヘラクレスの許へと　かえる

わたしのヘラクレスは
いま　ペニスの厖大な塔を眺め
その頂上から　世界の女たちの海へ
落花生のように割れ　しぶきをあげ
墜ちていこうと　息《いき》をつめる
これが　この世にただひとつのこされた
この日常という怪異の部屋に住む　わが
ヘラクレスの　わづかな夢　冒険だ

現ヘラクレスには　かつてギリシャの
ＯＢヘラクレスの　神の祈りも　また怒りも
よろこびもなく　ああ
ソクラテスのいない　猿の広場での
美味しい交尾の舞踊あるのみ
八つの　かいなをもつ　悪魔の魚の
赤い酒やけ色の　ふやけた濡れた頭に
ヘラクレス　おまえの脳髄の　どの部分も
なんとよく似ることとよ
また　雨
おまえの心臓には　たえず雨が降っている
しかしそれは複雑でもソフィスティケイテドでもない
まして心の臓の織姫のつまびく妖しげな弦でも　その
織《お》糸《り》や　涙ではさらさらなくて
たえまなく宇宙空間にむけて　放たれる
射精なのである

それらの雨の軍隊なのだ
ヘラクレスこそは　いまアメリカの奴隷
アメリカという名の　盲目の誇り高い軍隊
憲兵という名の　ものいわぬ思考しない
空白の晴れやかな　たえず日曜日の
疑問（なぜか）のない一兵卒
その意味のない微笑

ふと　今日はかがやく　6月1日だからだ
そして

田園で土と光にまみれ　イチゴ摘む
イチゴという赤い快楽のおとしごをいくつも
摘む
摘み忘れられ　永遠に　熟《う》れたまま
腐っていく　赤い処女の大群あとにしながら
ああ　わがヘラクレスの許に　一路《いちろ》

わたしはクレオパトラを連れてかえる

クレオパトラとは　緑色の性器
女陰　イチゴ　そのもの　かがやく西陽
のぼることとのない太陽
だが太陽そのものを飲みこむホラ穴
永遠にホラ穴であり　女陰であり
シンボルで女神であるクレオパトラ
また　牝犬ボクサーのまたの名

アイスクリームをたべるように
クレオパトラよ　きみは　かの偉大な
いや偉大でなく巨大な　虚大な
ヘラクレスを　たべられるか

ヘラクレスがきみ　クレオパトラを
あるいはきみがヘラクレスを

どちらがたべ
どちらが消耗し　亡び　たおれるか
ここは神話でないので
まだ
亡びるものの残骸はない
クレオパトラも
ヘラクレスも　やがて　いや
いまの一瞬　一瞬に　亡びていく
偉大なる腐肉
なまなましい生きてる死体　詩体《したい》だ
ポエトリイの　なまこ
ポエトリイの　死海にはねる電気魚だ

電気だけが　あなた　握手しあうのです
存在をたしかめあうのです
と電気
宇宙エネルギー

ヘラクレスの塔の頂上に咲くのは
宇宙エネルギーか
世界の男根の尾根
あるいは尾根でしかない今様《いまよう》ヘラクレスよ

昨日
東方の緑の地より　急速に
バラのしぼむ速さで　早馬よりもはやく
ロマンの若者を脳裏の線香に　せつなく
けむらせて　走ってかえったが
ここ　都市の　一かくの
一兵卒　ヘラクレスの部屋には
ロマンの緑などないのだ
あるのは　セクスの緑
マリリン・モンローだけだ
マリリン・モンローは死んだが
ヘラクレスは死なないのである

ヘラクレスとは　あらゆる男性の一兵卒
谷間の黒百合　その読経

わたしは読経する　日本海を背に
海はワイルドな白い歯を　鍔のやさしさでむき　黒い岩の勃起をかむが
わたしも　大地も　その尖端の岬も
緑なのである　緑の　無意味の
思想なのである　瞑想なのである
わたしの　クル・セ・ママ　その野蛮のパンの森
そのまた暗黒優雅の海
ヘラクレスは　不意の情念の渦に
飲みこまれたみどりご　盲目の稚魚
哺乳期の記憶から
進化を忘れた太古マンモス象の
バラ色の　やわらかな脳髄のしわ
そして
黒犀になり　疾走する　その小宇宙　陰嚢

その暴力　暴力的破壊　暴力的生産

屋上で　ブランコする
梅雨空に地球の屋上でブランコする
魂の空家《あきや》の少女ひとり
少女とは　不潔のこと
犯される下半身のために
サカリのついたフカの沼に漂流する
少女とは飢えた　快楽ガキ道への
初心の　あこがれのバラ
バラバラと　バラになりそこなって
散っていくツボミ
少女とは　屋上のブランコである

誰も　屋上にはいない
ブランコにも　暗闇にものっていない
こんやは　三日月もない闇夜

ヘラクレスも　ゆたかな牝の精霊のそばで
静かに　懐妊する時間
ヘラクレスは男であるか　男ではない
ヘラクレスは牡であるか
まちがいなく牡でありながら　ヘラクレスもまた
精霊を懐妊する牝の受精の本能を
そのない子宮に
その永遠に　育つことを忘れたチャイルディシュな
子宮望郷のハートの裏の遊戯場で
もつのである

バスケットのジムにいこう
あのヘラクレスの背番号は42
42は　このなかのどこかにいるのだ
ヘラクレスよ　だがあるのは背番号だけだ
ヘラクレスに似たものすらも　いまはいない
容貌怪異な　ひとりの男が

こちらをむいて　白い歯みせ笑った
よだれのようにやさしい顔をし
チューインガムかみながら
コソ泥のすばやさでウインクした

ヘラクレスとは谷間の黒百合
人間の眠りの中に　いや　わたしの
プライベイトな眠りの谷に
生きてるミイラになり　よこたわる性
性器　黒百合という名で咲くつかのまの花

これらに死を与えることは簡単だが
死より　むしろ
現ヘラクレスには　そのむいの大いなる時間に
かげろおを　精霊を　もののけを
やさしく　ほとんど無意識に懐妊することこそ
ふさわしい

低迷し、青春を地を　這いずり
四つ足で　吠える今様ヘラクレスの
その哀しい　晴れやかな尾に
星条旗をかかげよ　また　フォア・トップスたちよ
スティル・ウォーターを唄ってあげるがよい
食事はチーズバーガーにフレンチフライかしら　飲み物はコークで充分
ヘラクレスは　かえるか？　ヘラクレスは
不意にである　ギリシャにではない
神話にではない
ヘラクレスは　わたしという緑に
わたしという暗黒にむかい
わたしが懐妊するのではない
ヘラクレスが　わたし及び　わたしたちを
懐妊し　現在に
いたろうとするのである
ほとんど神話になりにいこうと

ヘラクレスは
不意に　毎日　不意に
かえるのである　孵えるのである　いくのである

中国のユリシーズ

ふりかえると顔がなかった
おのれの
生まれたての顔が
顔は国であり
国は赤い思想に寝とられて
もはや顔のない
くちづけする唇のない　おのれの顔
あとにして
彼は往く

ふるさとは見知らぬ地図の下にある
おふくろの子宮のサインだけが
彼の生国のパスポート
彼は　なんと名のっていいか戸惑う
彼は　国をでて
戻ることを知らないユリシーズ
戻ることのできないユリシーズ
戻る日をもたないユリシーズ
彼は妻や子供や花をかかえ
ポエジーのタイマツもやし
沖にむかって叫ぶが
沖に　誰かがいるか
誰か
彼の生存をあかす顔たちがいるか
千の形相　万の形相　億の形相で
夜の海　星たち波におち交合する中
彼も　これらの音楽に加わり

彼の内なる国もとめて
交合の行にくわわる
彼は幾千幾万の子孫の顔をつくることが
できても
唯一の　おのれの
生まれたての顔に　逢うことも
ふれることもできない
ので　今日
今日も
ユリシーズは
海を越え　大陸にあがり
アメリカ中西部らしい寒《さ》む寒《ざ》むとした田舎町の
ある建物にはいっていく　午後2時
誰も
彼のことを気にしなかった
大統領の側近ではないし
彼は拳銃をつけてない　ギャングでもない

また筋肉隆々の世界《ワールド》チャンピオンのボクサーでもない
彼は背が高く　鼻筋通り
気品と火を中《うち》に秘めて美しいが
それ以外に　とりたてて特徴はなかった
狂暴でもなく
肩書でもないかぎり
ひとびとは忘れてしまう
哲学は目に見えないいきものなら
今日では　人々は幽霊《ゴースト》すらおそれない
まして生きている幽霊は
彼は　こうして　何千年も生きている
もはや死なない
死ぬことを許されない
彼は　ユリシーズなので
すでに生きながら神話である

今夜はすばらしくよい気分なので

と　彼は云う　酩酊して
だが　この男に酩酊があるか
この男は　酒の海の中で
人魚の声に耳かして酔えるか
この男に人魚はいるだろうか
人魚の声は　エルビスにかわる
プレスリーは人魚になれるか
ロックン・ロール時代のレコードが
彼を人魚の島まで連れていくか
彼は印度にいった男の話をする
スナイダーという勝手な男を
勝手に生きるという芸を
彼は遠くの雲をつかむことだと思ってる
虹をたべることだと思ってる
虹と交合することだと
そして
人魚は　交尾もしないまま

独りでエルビスのレコードの中に　また
眠りにいくのだ

朝おきる　昼食から戻る
夜寝ようとする　と　鏡の中にも寝室にも
顔がないので　あッ
おれはユリシーズだと思う
まだ　国に戻らない
戻れない　戻ろうにも国のない
旅の途中の
ブルースは　こうして
デキシーなんかじゃない　何千年前に
さかのぼったところの
名づけようもない独りの男の　さみしい国から
きこえてくる
産湯につかって　きこえてくる

紅葉する炎の15人の兄弟日本列島に休息すれば

紅葉する　炎となり　紅葉する
日本列島の中腹に
車座になり　十五人の炎の兄弟休息する
十五人の水の兄弟　休息する
十五人の快楽の　十五人の意志の
十五人の決意の　十五人の貪欲の
あさましく　めざましく　爛爛
絢爛　華麗　醜悪の兄弟　休息する
十五人の炎の兄弟
遙かなる夏の山河をあとにして
いま　日本アルプス　氷の鼻を
天に突きさす厳冬の　白髪の季節にむかって
ながい旅路の

最初の一章にかかる

だが　なりはじめてとまらない電話
陣痛がはじまって久しいのに　まだ
生むけわいのない女
うごきはじめながらまだ眼も鼻も口もないので未来にいたらない胎児
　その百合の脳髄
フト、
トツゼンの豪雨がはじまり　いつ終る様子もなくて
もしや　これは　しばらくの永遠かと思う時
十五人の炎の兄弟
日本列島の中腹に車座になり
休息という時を食む
休息というカユをすする
なぜ彼らは十七人でも十八人でもなく十五人か
また　なぜ彼らは十五人兄弟なのか

長兄は　入道雲をささえる　いや
空をささえる入道雲とみたが
それは真赤ないつわり
長兄は　いつも空にボッキしている
空に　頭部をさしこんだまま
空そのものに抱かれている空《くう》
充たされた空《くう》である
次兄は
ヘドロの海をさらう船乗りと
粋《いき》がったのは昔のこと
次兄は　もう海と離別してながくなる海男だが
もう　海は処女ではない
海はつねに処女であり　母であり
幾百幾万幾億の生命を懐胎する　この世の
子宮そのものでなければならないが
これらの母にして女である海を
次兄は　ほとんど

永遠くらい離別しようと考えている
これらへの愛と　怨恨は　あの
ロオトレアモンのマルドロオル以上なのだが
生きながらにして墓場になろうとする海
猛然と死が増殖する海に　どうして
次兄は毎夜　同衾し　かぎりない愉悦を
おくることができようか
三男は土地切り肉屋の地獄師だが
この男には　倫理はない
かぎられた地球のリンゴを　まだ
幾等分もできると信じている
四男の吸い師
五男の匂いという匂いかぎまわる男
六男の盲目のさわり師
三人そろって炎を吸ってはその匂いかぎ
盲目の眼こがしながら炎さわれば
七男の踊り手　いきなり

炎のただ中　火になって踊りまくる
八男は　炎をみる　炎をよくみる
炎のなんたるかをマネようと炎をみるが
炎は　真似るものではない
八男は　ほとんど炎に化身　変身したと
思うことで　かろうじて
火の国に突入できるが　この火の国とは？
厳寒　氷　天に突きさす日本列島の中腹に
車座になり　炎の　十五人の兄弟
炎の十五人の兄弟　討論する
火の国とは祈りであると
九男の祈禱師　祈りという火をたけば
そのかたわらで十男の眠り男
これはまた火のおきない前から仮想のたき火のそばですでに居心地よく眠り
氷柱《ツララ》でパンツをさされても永遠に睡魔の淵に大往生
おきるけわいのない眠りという芸人だ
十一男の泣き男　いまや炎を吐きながら泣く

炎を眼から　吹きこぼしながら泣く
くちばしから火を吹くホトトギスのノドより烈しく泣き男　炎を吐き
炎をふらす涙の龍となる
十二男の耳男
十三男の死の男
十四男の詩人
十五男の笑い男ら
みな　炎のパジャマ着て
極寒の日本列島　中腹に車座になり
眼をつむり　モーツアルトを聴く
ベートーベンを聴き　ごぜ唄を聴く

紅葉する
紅葉する日本列島に　トツゼンの
ピンクの女　炎の髪して踊る
炎の舌に　十五人の炎の息子らのせ
むせかえる愛液からめれば

もはや　十五人の炎の息子らも虫の息
日本列島に
天鈿女命ならぬクレオパトラならぬ謎の
ピンクの女登場し
股よりバタフライはぎとり　すべての
舞踊の始まる前の　おのれの生命の
出所の闇にさかのぼらんと
しばし　しゃがんで冥想する
この国には
仏陀もキリストもいないが　冥想する
この国には
アラアも神もいないが　冥想する
神もいないので　冥想する　女は冥想する
ピンクのキリギリスになり　冥想する
人類が　人類の終りにかかるのは
キリギリス　紅葉する秋を　白髪の厳冬にむかう　キウリなき旅だ
キウリをしょった旅人が前方を往く

政府の役人だ　暗黒の王だ　マフィアたちだ
キウリをしょって　たくさんの
キウリをしょって　前方を往くのは
まぼろしの王国　暗闇の王族どもだ
彼らは一様に　顔も口もない　意志という角も　情緒という乳房も
すでに去勢されていて
彼らは一様に顔も口もないが
すばらしく強靭な二の足をもっていて
進軍する　何者かに　何者かも　何も　者も
吸い込んでしまう闇
宇宙の穴にむかって進軍する
彼らの行進の足どりは　弱まるどころか
加速度で　速さをます
永遠の方にむかっているのか
永遠の終焉にむかっているのか
まぼろしの　だが現実以上に真実の
いかがわしい暗黒の政府のものども

キウリをしょって　人類の終焉に

猿《えん》
猿々《えんえん》と　猿がなく
鋭く　ひと声　深山に
秋の蚤ひとつ　みつけて　猿がなく
猿は　さみしさである
烈々と　水そそぎ　みそぎして
わたしたち　水の　十五人の兄弟　今日
ここ　地球の中腹にそろう
ポパイ力の夏の十五人の兄弟
遙かなる夏の終りの尾根をわたっている時
ここ夏でも　冬でもない　また
さらさら秋でも　春でもない
季節感覚　逸脱した地に
われら　ぼうようと水の兄弟
混混と集る　混混と湧く

わたしたち十五人の水の兄弟　いま
しだいに　失われていく水の国　回復に
この地球の　この宇宙の　端から端まで
旅をする
水を回復すること　水からはじまること
それが彼らの法律　彼らのモラル
生産　愛　性欲だ
だが
水疱瘡になり　恐水病になり　更に
溺死者になり　更に　毒なる汚水を飲んで
年々　死亡するものふえれば
乾《カン》の国　熱《ホット》の国　暖の国　涼の国ら
これら　水の国のものどもを
裁判にかけ　宇宙の生命生存組合の議題にかけ
いまや　すべての水らは
低い方へと追いたてられる
一杯の水

一滴の涙
親愛なる父にして　母　われらの大地
この男女両性具有者なる大地という両親も
いまや　十五人の水の息子たちに
哀れみ　慈しみの一杯をもとめ
心より　杞憂をもたず　疑いをかけず
死に水とってよ　と呼びかけることは困難だ

紅葉する　炎となり　紅葉する
日本列島の中腹に
車座になり　十五人の炎の兄弟休息するか
炎の十五人の兄弟は　もはや旅だち
紅葉する　日本列島の中腹は　白銀
もはや　どこにも紅葉はない
紅葉する少年　ギターを弾き
日本列島の中腹に音楽すれば　と思ったが
少年すらも　もはや白銀

白銀の髪さかだてて　エレキを弾き
この地球から　しだいに失われていく　紅葉する頬　紅顔を追うが
どんなに烈しく　ギターつま弾いても
紅葉する頬　紅葉を追うが
どんなに烈しく　ギターつま弾いても
紅葉する頬は一瞬　一瞬
これは秒の問題だ　この地球から
消滅しようとする　この少年の頬を
打擲するのは水の少女
全身に涙ためて　少年の頬うちたたく
この叱責　この愛　この怒りで
もしや　白銀の少年の頬に
一瞬　炎が　紅葉が回復するかも
だが水の少女は　おのれの全身　湖にし
おのれの全身　沼にし
おのれの全身　池にして
プールにし　洗面器にして

この少年にたちむかっても彼女自身に炎はない
少女はクールである　クールの時代である
地球の胎盤がさめてから生まれたので
クール　水なのである。

水の少女と　白銀の少年が
日本列島の中腹　木の股にぶらさがり
ブランコをする　この11月から
急速に12月になる季節
われら
木の十五人の兄弟たち
何万年という樹液　凍らせながら
ただ　地球の中腹に　黙然とボッキする
木霊は　年年《ねんねん》
人たちに手折られ　根こそぎにされ
これらの音信は　もはや
地球を駆けめぐることもなくて

わずかに人垢つかぬ深々とした深山　森林に
木霊《こだま》仙人座禅するとき

地下を轟音たてて
あれは　走るのである
都市の穴ぐらを　東から西へ　北から南へと
蜘蛛の巣城に　あの鋼鉄の虫は走るのである
あれは虫でなく　鋼鉄の指令だというものがあるが
炎の眼しばたたかせて　電気の腰をもつ
この都市の地下を走るあいつは
人間の観念でも　もはや意志でもない
あれは必要であり　需要である
地下鉄客席に
ソフトまぶかにかぶった十五人の男が　乗っている
彼らは誰か　どこにむかうか
彼らに降りる駅があるか
降りることを拒否するなら　地下鉄にのりつづけ　のりつづけて

彼らは　どこへ
彼らは　ソフトをまぶかくかぶっているし
黒いコートを着ているので　彼らが
はたして　あの夏の　あるいは炎の
あるいは水の　あの十五人の兄弟か
われらには判別しがたい
彼らは一様にだまり
一様にポケットに手をつっこみ
一様に面《おもて》を深くソフトの下にかくし
みえるのは唇　唇を囲むアゴだけである
彼らは意志の　決意の貪欲の
あるいは　まったく思いがけぬ快楽の
あさましく　めざましく　醜悪　華麗な　十五人の兄弟か
意志　この十五人の兄弟は意志する方向へ
乗りつづけるか
が　次の駅でドアがあくと
ひとりが降りる

ひとりは思想が変わったのである
思想は変わるのである
意志は思想の犬をみえないクサリでつなぎながら
用心深く　この盲導犬のあとをついていく
思想は　さわるものである
十五人の兄弟の六番目　盲目のさわり師はいう
石にさわる　すると石は
ここだ　ここだという
ここをたたくとよい　石屋はこうして
石にさわりながら　石のコトバをきいて
生きるのだ　石をキザムのだ
思想もさわると　よくさわると
返事をする　おおむね
人は思想を着る　ホントに着るか
思想を眠るものもいる　それで
眠っている間じゅう　思想などに出逢わなくてすむのもいる
おれは生きてる間じゅう　とにかく眠るのだ　と眠り男はいう

十五人の兄弟ちゅう十男の眠り男は
思想さえも眠ってやりすごすのだ
彼は　おそらく
意志というのも眠りながら　やりすごして
平気で地下鉄をのりつづけるだろう
この地下を走るものは
あるいは地球の穴倉深く潜行し
もはや地上で太陽を二度と仰ぐこともなく
地球終焉の日まで走りつづけることになるだろうが
鋼鉄の虫が蜘蛛の巣状の地下の迷路を
一定の時から時へ　疾走するのを
わたしは　わたしたちは　みるが
みるだけである　これらの
鋼鉄の虫が　ある日　ホントに謀反を働き
トツゼン走る　あるいは　停まるという意志にそむき
トツゼン　踊り　吠え　炎《も》え　発狂すれば

これら鋼鉄の虫　いっせいに
地の外へと　ない線路めざしてハイジャンプ
狂乱の舞踏すれば？

わたしたちは　まだ生きているので
わたしたちは　なにごともおこらないと
ほとんど白鳥の淑女育てる校長のように
胸の不安を赤い腰巻にかくしながら
信頼しているふりして歩く
地球の緑らしいふりの庭を
散歩する
これは教養のなせるわざか
文明人のソフィスティケーションか
もうすぐクリスマス
キリストはもう誕生しないか
かわりに誰か誕生するか
クリスマス・ツリーの下を

炎の十五人の兄弟　輪になり
手をつなぎ　踊る
メリー　メリー　クリスマス
緑の木に　金色の玉ひかり
赤や青のあかり点滅し　クリスマス・ツリーの玉や雪　着飾ったまわりを
たいまつより赤く炎の十五人の兄弟
輪になり　ロンドを踊る
なぜ　彼らは木のまわりに集まったか
彼らは木の呪文　木の樹液、木の木霊がわかるか
彼らはこれらの木のそばで
何かが　ホントに誕生するか
誕生するならそのものを告発にきているのか
十五人の幻の国の屈強なポパイ力の兄弟
今日　ここに真実なるものを
告発にきたのだ
彼らは判事だ　この地球におきる奇跡というミステリーに隠されたすべての
醜悪　妖怪な真実の面相を　告発しに

彼らは　また弁護人である
彼らは　すくなくとも
この地球の側のものだ
よかれ悪しかれ　この地球という暗黒の
穴倉からころがりでて生まれたものならば

白銀の
日本列島の中腹に　いま
炎の　水の　木の夏の　厳寒の
風の　十五人の兄弟はいない

まわる　まわる
メリーゴーランドのように
樅の木のまわり　まわる　われらが炎の
十五人の兄弟の幻を　今日
この地球の終末の予感に充ちたクリスマスにみる
彼らの一人は　すでに完全な死の側に加担し

というのも
この男は生まれた時から　死のサイン
白い経帷子つけたマイナーの男だが
十四人の生きざま烈しい兄弟と
一人のもはや死を全身に占有した弟と
手をつなぎ　まわる
冷たい手と　熱い生きてる手と
冷えた心臓と　動く心臓と
つなぎ　つないだと思うところで
手をたづさえ　まわる

地球がまわるより速く
だが時たち　見えない時たちは
それより　うわ手で秒を超え　速く
走るのだが
三千万光年のむこうにあるブラックホール
の奥へ

猛烈な勢いで　宇宙の
光や星のきらめく兄弟たちが
そこではロンドを踊るまもないスピードで
吸いこまれていく
のを

今宵　樅の木のまわりで
地球の十五人の屈強な兄弟たちは　視るか
知るか
三千万光年も　一瞬の出逢いならば

＊　本詩集は一九七五年サンリオ出版刊。巻末に大岡信「白石かずこの詩」収録。写真・装幀、橋坂敏夫・秋山政美。

単行詩集未収録詩篇

一九五〇—一九六七

アルスラン

昨日
たんぽぽの羽毛となり
青い死のホテルにとんでいった
アルスラン
あなたのトルコ玉よ

その目はたんぽぽであったか
チャップリンのひげか
昔　マチネのはねたあとで一ぷく
煙草をくれた喜劇役者だったか
アルスラン
あなたの手のひらのあまり厚く広いので
ふと　農園と
馬の夢をみる　独りの
今朝である

栗色の髪の毛をかきむしり
火を吹いて泣くライオンの子にも似た
アルスランだった
戦争を怒り　死の洗礼を怖れ
わたしの中で　くやしがってわなないていた
あなたの　まるい腕

白い少女の生命の環に
紫のあざみをのこし
永遠に消え去っていった
嵐の夜のアルスランの号泣は
チューリップの笑いをくだき
勲章にはねかえる冷たい悲しみを濡らし
アルスランの全生涯をゆすぶっていく烈しい
モズの声となった
さては
ビロードの日本の島を越え

エメラルドの海をすべり
印度の山岳をわたり
北トルコの春までもとんでいく
たんぽぽの羽毛であったかも知れぬ

一つのトルコ玉よ
だがそれが一体なぜ
なぜだなどと誰が　いえるか

（十字をきりアルスランのために祈る）

オペラグラス

すると
あなたの右頬の黒子《ほくろ》は虫になりました
唇の沿岸は火事だぞ

沢山の魂が焼け死んでいくというのに
体をゆすって笑いつづけるその非情の虫は
いや　それは黒子でありました

クリスマス・カード

それはなにもかいていない砂の手紙です
送り主は死人　住所は空　あて名は空気
喜びの指は石のステッキになり
少女の顔は次第にゆがんで菱形のセロファンになります

八月に死んだ　男は

八月に死んだ　男は
芥子は草むらに血を流す

八月に死ぬのは　よいことだ
太陽は　死をさえ熱くする

男の生きていた日
彼のけったボールは
今も空にかかっている

今日はフットボールの日
草むらには別な仲間たちが集まり

八月に死んだ　男は
芥子は草むらで血を流す

葉巻

ぼくは毛皮のコートをきたませた小猫
〈一晩だけの生命なのよ〉を唄ってくれる
赤い芥子の娼婦のしたで
また今夜も葉巻を吸っている

水夫や飛行士や兵士　　いろいろな俳優になって
お嬢さん　あばずれ　奥様
あなたに恋をしたのだけれど
ついぞ　あなたはみむかずにいてくれた
みむいてくれたのは葉巻だけ
それも
〈ちょいといけるわね〉といって
小指の間に　はさんだだけ

決闘と卵

緑色のハンカチにはねかえる春よ
泥棒と海賊は決闘した
農夫と豚はそれをみていた
天気の良いノルウェーのとある田舎のことです

・

タイプをうっても
いつまでもお前ときたら白いノートです
やるせない恋であんでみても
いつまでもチョッキはできあがらない
洗濯をしてみたら　泡だけで
ドレスはどこかへ消えてしまった

・

そんな具合で年がビスケットのようにすぎた

あの海賊と泥棒はとっくの昔に死んでしまった
裏庭では鶏だけが
毎朝　卵を生んでます

かれんな死刑執行人

その手袋が
黒い手づかみで　あたしの心臓をうばっていった
それ以来
悲しみの壁の牢屋で
青い月夜と暮している
あたしは白い犬になり
ガラスの花となり
星の濡れた怒りとなり
涙の固いアスパラガスとなり
冷たい夜の息となり

扉のない壁をたたいているが
永遠にその牢は開かない

或る日　突然
あたしが死刑執行人になって　その四人のあたしを殺してあげたわ

10月のセンチメンタル・ジャーニー

あなたは　10月の月だ
あの顔のない満月
らいらくな笑いが　たそがれの方から
やってくると
あなたの　若さは　急速に　年老いる
センチメンタル・ジャーニー
あなたの恋は　鰐のように口をあいて
今、歯を磨いている

その白い歯に
あなたの日々が　ちいさなウソ
ちいさな真実となり
どちらも栄養よく
ツヤのある幸な光になって　とまる

あなたの大きい目をもってしても
この10月の　ボーバクから吹いてくる唄
〈センチメンタル・ジャーニー〉のメロディは　みえないのだ

しかし
あなたは　きくだろう
メリーゴーランドのように　まわる　まわる
あの　快楽の木馬のシッポが　あなたの
シッポの雄々しさに　よく似ることを
メリーゴーランドも
すべても

まわる　幻影だ

だが
あなたも　わたしも
まわらない
ただ　すぎていくのだ
満月をよぎる雲の
粋な　そぶりとなり
あ、10月の月
顔のない満月がある
名前のない存在
あなた　が　ある

夏の夢

この日ごろ　わたしは夏であった

数年来　わたしは夏になり
地獄の夢をまどろむ大食漢であった
草原には可憐な薔薇の羊らがいて
わたしの思惟のシッポに
いつのまにか喰われていくので　ときおり
わたしの手足には　羊の悲鳴がしたたり
薔薇たちの赤い舌が　ケタタマシク鳴り走りすぎるのだ

くる日も　くる日もない日々ら
だがトツゼン　ある日などがあり
ある夏などが現れた
わたしは　おおむね　それら夏の家族らの
サンタンたるバーベキュの饗宴に
あづかるのであった
それら焼ける牡牛のノドからは　死んだ祖父たち　また　まだ生きている
傲岸な伯父のH・ミラー　また　まだ生まれない小母のバク然とした胎児
などがコザカシク見えて

わたしたちは笑い　酒を飲み　踊り
ぜったいビートルズでなくてはと一人がいえば
ちがう　すべてはコルトレーンだ
あいつの音楽たちに　まかせようと
決意の鬼をいっきにあおり　のむのであった

こうして充分若くして熟れた夏の日ざかりに
わたしは瞬時　はっきりと
老いてチギレ吹かれる夏の暮のムザンを
盲目のゆえに　みるのである
しかし墓をみない
わたしを含めて　すべてわたしの夏の家族らは
煉火の上でバーベキュされ　熱い死だけが
なまなましく生きものを証しつづけるのである

ロマンチックな時間

ロマンチックな時間であった
たえず
ミス・ミュリエルの唇の海に
王の頭皮がみえ隠れした
ハシャグ　無言のその手足が
細長い神秘の　波になり
立ちさわぐ景色が　みえた　また
イルカのように
沖に泳いでいき
みえなくなる愛もあった

それにしても
太陽は　いつも　こちらをむいていた
ちいさな事件の影にオビエ
甘い木にジャレツキ
さんざん　泣いている

ミス・ミュリエルの　ひとときも　だから
またたくまに
晴れるのであった

彼女は　つねに
泣きながら晴れた
ひどく長い苛酷な無為の昼のつづいた8月
ひどく気短かな　優しいスカートをはいた
呼吸のはやい夜の9月
しかし
すでに　すべては　10月である
ミス・ミュリエルの身辺に
生えるものは　生えた
死ぬものは　死に
回復するものは
フト気ままな豪雨に　うたれながらも
いちぢるしい　不死鳥になり

黒い　力強い　羽を
生の　みぞおちで　ハバタカセ
陽気に　さけぶのであった

わたしは
犬でない時も　また
犬である時のように
四つ足で　ハングリーになり
這っていくのであった
ロマンチックな　菓子の方へ
なかば　天狗のようにつくられた怪奇の方へ
また　どうしても
つくることのできない生まれたままの
荒い　なまの音楽のいる方へ

その日
Y氏は支那茶を飲んで

高邁な時間を　わたしと石ケリした
詩を金魚のように語った　哲学もしていた
その間　氏の抒情を
ゆっくり　深遠に　ソシャクしながら
わたしは　かいまみた
ふりそそぐ　雨のむこうに
情事を　かきこむ
やさしい種まく人たちの
黄金色のテーブルの鮮かな皿のフチを
牡牛たちの
豊かなペニスの
ほとんど悲劇的な勃起を
その黄金色の　美学を
彫刻する　音楽
について　なぜか　ゆっくり
と考えた
それは　しあわせであった

ミス・ミュリエルは　その上
ますます　しあわせになるかにみえた
聖なる　淫者の時が
しだいに　豊饒になるならば　この季節
ロマンチックであることは　ひどく不幸で
しあわせな　雲なのだ
ミス・ミュリエルの　果てしもない
空の　まにまに
浮かぶ

My Birthday

去年は踊った
ジョオとホホすりあわせて踊った
たくさんの腕輪をもらい
腕がオモタクなるといって悲鳴をあげ踊った

それからジョオとNの話になると
なつかしさが大きな海になりおしよせてきて
世界中が　おもわず濡れてしまった
涙をぬぐうと　また踊った
それから笑った

今夜は葬式である
わたしが生まれた日なので　しめやかな
静かな通夜である
ことしは心のうち側を流れる滝や汗にまざって
ささやく　やわらかな風たち　また
親しい無言たちが集ってきてくれた

小説家のM女史が　森のハナシをしてくれた
ハナシの　あいまに　その森で
カクレンボする息子の神の　かくれている
木の葉が　キイロク光るのがみえた

それから
穴におちこんだ母親神のドシンという音が
心の地獄の方から　きこえてきて
その間ぢゅう
カンガがフランスの貴婦人の
部屋の黒人ボーイのようにだまって首を　うなだれていた
それは聞いてるようにもみえ
ねむっているようにもみえた
〈この人は　かわいい人ね〉
M女史がカンガをほめるのでカンガは　はづかしい

ハジメが　パチパチと　写真をとる
写真をとられている間だけ
ジョオとわたしはやさしく抱きあった
恋人のように

撮りおわると　わたしたちは

もとの姉弟《きょうだい》になり　口げんかをはじめた
せつなく愛しあう時ほど　ニセの姉弟《きょうだい》は
あつっぽく　やりあうものだ
そのそばで
ジジが　ひどく昂然と　まじめな顔して
たっていたのでわたしは感動した
ゴリラとは　生来　高貴で悲しいイキモノ
なのではあるまいかと
それというのも　ジジときたら　今夜
まるで快活なゴリラのように　美しく
清潔だからだ

ケンカが終ると
ハピーバースディ
ジョオが　かえっていった　ジジと一しょに
ハジメもかえった
それからM女史が

ながいながいハナシをつづけた
ハナシの中で神様たちにまざって　彼女の
猫も　時折　現れては消えた
〈Nは　ほんとに現れるだろうか
　ユリシーズのように　〉
カンガは首をうなだれ
ムツロとわたしだけが　うっとりと口をあけ
女史のハナシを飲みこんでいった
それは　オソロシクも　美しい
長い　とても長い　味がした

ニュー・メキシコの子守唄

テキラを飲んでる大男を
みたことがある　どこかで
女は世界中にあり　トカゲは

メキシコ中にいる
サボテンは　テキラを飲む大男の胸の中にも
生える
胸のサボテンにも水をのませたくなると
テキラを飲む　大男は
〈今晩わ　マラキ〉
〈今晩わ　ハニー〉
世界中はハニーであり　イワシ雲もハニーだ
ひとふりくるにちがいないぞ今晩は
すると
テキラを飲みながら　大男は口ずさむのだ
〈おねんね、テリー
テリー、おねむり
パパのおひざで
おねむり　テリー
はやくねないと
ピンクの小馬を飼ったげないよ

プリティ・ガールになれないよ
おねむり　テリー
いい子よ　テリー

泣き虫はだめだよ
泣く子はパパきらいだよ
ほら　お月さまが笑ってる
泣き虫　テリー
おねんね　テリー
トカゲの赤ちゃんも　もうねたよ
サボテンの赤ちゃんも　もうねたよ
ポンチョきた
となりのボーヤも　もうねたよ
おねんね　テリー
パパはテキラのみ
おまえをひざにだく時
世界中で　一番しあわせ

かわいいテリー　ちいさなテリー
おねむりね、すやすや
そら　お星さまが　ふる
おまえの上に
おまえが大好きだといって　ふるよ
テリー　おやすみ
おねんね　テリー〉

親愛なるものへ

わたしはおまえにむかって　かきつづけなければならぬ
一章がある
それがわたしのおまえへのアリバイだ

＊

一九六五
それは不吉な年である
おまえは　ちかづくかにみえて
遠ざかる火星の舌
いまフロリダのホムラの中にいる

わたしは弟のジョオと
犯すことをならった
わたしの黒板には
姦通に対する最初の愛がかかれていた
この日　わたしたち
始めて　で逢う恐竜のように　互をおびえ
憎しみあった

だがわたしたちの太陽への飢えはハゲシク
しだいに互をオトリにしていったのだ

ニック
わたしとジョオは　今
太陽をたくさん食べたあとなので
黒板に這いよる乾きはない
が
淫することの大きな穴が
わたしたちの新しい衣裳になっている
他のユキズリや　情事などのシャツを着ても
もう　わたしたちの
ボー大な穴の衣裳の　暗い拡がりは戻らない

戻らない拡がる夜をかかえて
わたしは昼を疾走する
そして
おまえが　どのような神であるか
たしかめることに　今日がすぎる

時に
わたしは
激しい眠りに墜ちる
もはや永遠に
おまえがみえないのでは？
夢の中は
はるばるとした自然動物園で
わたしの
飼う　カンガルーや　小鳥　猿たちが
とびはねる
巨大な　男根神が池にしゃがんで
鯉を釣っていた
日本的風情であった

眠りというのは
オソロシイ麻薬だ
だが　それをもってしても

わたしを　ほんとに
埋没させることはできなくて
ツノのように
わたしの淋しさの一端で
ふるえている旗がある

今日　わたしは
神については　たづねまい
また姦通の
とやかく愛をただしはしないだろう
また
むしやきにした小鳥に
ギターを聞かせるというまねも
カンガルーのピンク色の腹に
汗と涙をすりよせ　流す
というまねもしないだろう
また

背の高い鷹の目のくりぬかれたあとに
灰色の石碑をたてるという愛も
おくらぬであろう

すべて霧の深まる中に圧しつぶされ
消えかかるかにみえる　このときになり
乱れ悩むサムのサムシング
弱い心の雪が
画のように
背中にふってくる
深まる霧の中
すべてはアイマイなサムシングへと
消えかかるか
だが　その時
突如として
失っていこうとする中に
わたしは

開き忘れたパンドラの箱
をみたのだ

その中には
ピンク色のカンガルーの心臓が
ヒクヒクと生あたたかく動いていて
血を流しながした地図が
宝島のありかを指していた
カンガルーの
宝島には
意外にシイリアスな宝石があった
宝石はトンデモナイ遊び女で
醜悪な海賊のヒゲをあみながら
タエズ笑いつづける
地獄のジュークボックスであった

ある日

カンガルーのヘソについて
あなたは考えたことがあるか

太陽のヘソは
ユーウツな表情をして
いろいろな人類の腹部に
影をおとしていた

わたしは夜から昼へ
またがる　たくさんの時間を
カンガルーの
ヘソのそばで　すごした

通り魔のように
愛をキリサイテイク雑音がその間を走った
ソナチネを　ちいさな少女が
弾き終ったときの拍手の中の　ものうい眼

暗い部屋の中で
カバのように眠りに墜ちたときの
無心の　閉ざされた眼
サイのように　やさしくフクレ
怒りのツノを夕焼にこがしたときの眼

眼には
いろいろの眼がある
わたしは
たくさんの眼を
胸にツキサシタ　すると
眼が旗のように胸の丘に並び
ブリョウに　ゆれはじめた

神々の未知の
兄について
わたしは考えたことがなかった

とつぜん
わたしは　ある時間の上で
彼と逢うことになった
わたしは　まだ
ナリダサナイすべての音楽をおそれる
モンクのように
きわだって　ひとつの音にブツカルことを
また
ブツカラナイことを

あの夜　電話の中で
ジジはゴリラ風な強硬な愛を
現しはじめた
すると
わたしの友情が　いかにニセモノカ
わたしは　腹だたしさに青ざめた

わたしは
ワニの肉をハグように　いま
ジジを　すこしづつ憎しみ
サシミにしようと　たくらむ
白い魔女に
似てくるのであった

つぎの日
ユーウツな　なにもない日曜日を
うわばみのように　飲んだ
その　のどの海の底
古代ペルシャの
ちいさな魔法の壺があり
牝の蛙をたくさんつめて発情させている
景色がみえた

また　そのころ

窓のそとに
通りすぎるマダム・チマがみえた
彼女は　しだいにそこでハランでいた
透明な人類を育てるための
不透明な嘔吐の時間に
日常を
船酔いのナワであみつづけながら

朝には　たくさんの小鳥をうがいし
また　夕べには
猿や狼たちをハラムという
生殖の地平線での
ムザンとケンランの食事があった

わたしもそこに
たくさんのミュリエルと一しょにくわわった

産卵期に川にいならぶサケの牝らのように
いく万のミュリエルの中には
はっきり　リドの恋人のヨコ
ワイトの一粒種　ジュンなどがいた

ヨコなどは
タイハイし　酔っぱらい
酒をあびながら
もう　どうしようもなく　美しく
コボレテイタ　アラビヤ風に
彼女は
いぜんとして聖女であり
リド神を拝むことを
やめない信仰にとりつかれていた
東洋の魔女だった

わたしは

New York にいる彼と彼女に
世界はますます Wild で nasty だと
また
ドミニカがどうして
ちいさな手術ですまされようと　うったえる

ニック
今日　おまえは神ではなく
ひとくれの
土　また
一匹の　黒い魚になり
ブリョウの
海に　投げこまれている
おまえがいかに政府　国家　人類　戦争
悪い　サクリャクの
海に
一匹の魚として

投げこまれようと
わたしは
有史以来のアミを　おまえにはる
漁師なのだ

神とは
一匹の雑魚にすぎぬとき
はじめて
人間は
漁師の　孤独な宇宙に
全的に　まことしとやかに
さながら　神のように
生きはじめるのだ
ＰＭ・六〇〇
タイムカードがおされる　オフィス　その時
彼、世界第六位　オリンピック競歩選手
ロナルド・ジン陸士出　若いチャーミングな

中尉　いのちをおとす
ヴェトナムで
ヴェトナム　またの名　大尉の墓
五万人増兵
ジョンソンの　しだいにみにくく
老いる頰

*

営倉の中で　すべての栄誉をハク脱された
カウの眼球は　白痴の弟の
白い　ナイ唄の方へと狂っていくか

雨季

余はクレオパトラに逢いにいく

地下鉄にのり

1963年　東京は　雨にぬれていて
待っているのに　夏はこなく
春はもう、とっくの昔にすぎ去っている
ねたい沢山の女の子
ふみつぶして殺したい沢山の男ども
やぎ、やぎ、やぎ、やぎヒゲを生やしたやぎ
やぎヒゲを生やさないやぎ　童貞のやぎ
同性愛のやぎ
ここには　迷えるヨーローッパの羊のかわりに
沢山のブタどもがいる　日本のポーク・チャップはオイシイ！
ということを知らないか　君？
公衆電話には　いつも鈴なりになっている
口と耳がいる
いつも誰かが誰かにかけている
いったい　何をかけているのか

いったい　かけてとどくものがあるのか
何千年も何万年もかかって言葉や目的が電話線の腸づめを通って　もう一つの方へと　伝わっていくのだが
途中で　盲腸炎をオコスこともある
炎症をオコシテイル愛に　どんな治癒の魔術があるか
わたしは
西荻の百姓にあったことがある
彼女は支那服をきて
エジプトの髪かたちをして
日本語に　ときどき
カタコトの土語の粉をまぜ
これが　どこの国の言葉だか知らないが話す
毎朝　米をうえるそうだ
毎朝　ヤサイや大根を洗うそうだ
毎晩　朝、うえた米をかり　ごはんをたく
それを　うまそうに食べる
その米とヤサイのいりまじった胃袋の中に

ラム酒、スコッチ、サントリー、赤玉、ビール、スタウト、ウォッカ、ジン、ショーチュウ、
　梅酒、芋酒、
あらゆるものを　雨季のように
そそぎこむ

わたしが逢った時
西荻の彼女は
いつも雨季から　でたり　はいったりしていた
たいてい　長雨に濡れているか
乾ばつかのどっちかだ
そして　たえず
犬の陰茎のようにソヤで　物哀しく
バラのように　バラバラと　豊饒に笑いこわれて　熱烈にわたしにとくのだ
もうすこし　牛と馬の良種がいる　それに
男の子がホシイのよ
長い雨の中では　食慾がなくなる

が
猛烈に飢えねばならないというのが　彼女の
持論である
いつも　うえたいと思う　米の種のあるなしにかかわらず
いつも食べたいと思う　食卓にライスがあってもなくても
いつも　交合させたいと思う　牛や馬
いつも　ほしいと思う天気と汗　失意と涙
金カンジョウ、労働、嫉妬、ケンカ

わたしは彼女が台所のフライパンの中に
しゃがんで　玉葱のように泣いていたのを知っている
彼女は一枚　一枚むしりながら
サンゼンと泣きつづけるのである
玉葱の皮の下には　もう一枚の皮　その下にはもう一枚の皮
ああ、彼女が泣きつづける下には　常にもう一枚がある

長いこと　ふりつづけた雨がやんだので

わたくし　そして　あなた　それに
わたくしたち　みんな　それぞれ　おのおの
らがでていく
　　いっせいに晴れている方に

で
そこに　何があるか
何かが　みえるか
なにもない　ということすら　みえないではないか
なにもない
なんでもない　までが　ビルの陰に
いそがしくたち働く食堂のウェイトレス
事務所や　証券取引所　馬券の仲買人
オコリアウ　笑いあう人々にかくれて
またそれらの雑沓にまぎれて不満に不安に
ごまかされ　みえないのである
が　なにか
みえるものがあるか

みえるものがある
と信じる雲のような一群もあって
それらは　今
×美術館に集ってこれから
現代××美術展を開催しようとする
にあたり
×国大使の列席を待っている　その待つは
それは　非常に透明で長い時間である
ある人は　その時の上で
絹糸のように　さらさらとゆれているし
あるものは　ふとった煙を
灰色のバスのように　単にうごかしている
だが　大使の時間は透明でない
彼は美しい大使夫人を待っているのであり
大使夫人は　今日着るドレスにあう
ブラジャーがどーしてもみつからないのである
彼女にとって　ひとつのドレスにコンビナートされたブラジャー

パンティ
シュミーズ
ストッキング
靴
アクセサリー
ヘヤスタイル
帽子
手袋
すべては　一つの国家のように
完全な秩序と美をもたなければ
完全に　ユルシガタイ
一兵卒であっても　反乱　あるいはリンジ兵
で　まにあわすことを
イサギよしとしないのである

彼女はブラジャーをめぐって次第に怒りを　醱酵させ　猜疑を抱く
夜叉のようにあらゆるものに疑惑をもやす

女中　洗濯人　部屋をでたり
　　　　　　　入ったりする犬
乱暴に彼女を裸にしてしまう夫

だが
晴れるも　そう長くつづかない
空はすでにかげりはじめてる
わたしの上に　遂に　一滴
少年が墜ちてきた
一滴あるいは二滴のうちは
汗かとまがい　信じられぬ
が
気がついた時
もう彼は　静かにふりはじめていた
わたしの顔といわず　体といわず
のど許から肺にむかって　さわやかに
クロールをきかせて泳いでいく　彼　が

みえる　ひとつの
黒いしみ　あるいは孤独になって

ビールの泡の中で　フルートをきいてる
もう　ひとつの　黒いしみがある　その
名づけられない主は　わたしであり
わたしの　そこにいる理由は　わからない
わたしといえども　勿論
世論などというのはない　批評家どもはすべてスカートをはいているので　ファッションについては誰も血をはかない　憂慮しない　憂慮することない

わたしは　今日　そこにわたしのいることに
理由をあげたいと思う
それは　長雨のせいよ　乾ばつよ　雨季とはそんなへそのかたちをしてるのよ　という風に
で　なにかを
なんなら　ほしがりなさい　あげますから
ほんと　に　ほしがらねばならないのは

なに　だろう　であろう
西荻の百姓か　その畠の麦であるか
あるいは　永遠にあらわれない地下鉄のクレオパトラであるか
　を待ってウロックコトであるか
　犬共のように　むしろ犬たちになることか

ほとんど　何も　ふらない日が
ふりつづける　この雨季の中で
わたしは　ふってこないものらに口をあけ
飢えながら　かいていくだろう
全く　起こらないことの悪徳を
その許しがたい美徳を
について
雨季よ　おまえの
さんたんたる不在の
透《す》けた骨をかじりながら。

UMBRELLA

彼女はあっちの方を　みていた
彼はこっちの方を　みていた
それは
抱きあっている　一枚の
画の中のふたり

たがいにちがった方角を
みている　彼らの　暗い眼からは
もうすこしで
風が吹きはじめ
雨が降りだそうとしている
だが
彼らはアンブレラをもっているだろうか
たとえ　もっていたとしても

眼の中では　さすわけにはいかないではないか

バラ　は　バラ

バラはバラ
ニックはニック
恋は恋

わたしは昨日　ついに
待っていた空に逢った　空から
TELが　かかり　この土曜日
わたしたちは　永遠がセツナに
没入するのに　であうのである
わたしのビクの中に　すでに
淫蕩の百の暁　と愛の稚魚がいて
無心に泳いでいた　わたしは　それらを

もとの（もとのという事はありえない）
他なるイケスに　投げだすことを思っていた
ばくぜんと　わたしの後頭部は火事であり
なぜか罪でないのに
火葬の匂いがして　誰かの手足が悲鳴をあげ
叫ぶのが聞えた

昨日　画廊で　遠くにいるMの画の中に
トツゼン　わたしは　みつけた　新しい愛を
彼の　女の　足を　大きなバラがカニになり
這い　イレズミし　リョウジョクし　恍惚と
繋りながら　太モモから腰へと
食べていく景色であった

わたしはバラのドーモーな口を思った
それは猛獣のどれかにちがいないのに
ワニでもライオンでもなく

わたしたちの　かつて知らぬ　未知の怪獣
だった

わたしは　バラ　といった
土曜日　わたしは永遠の失墜の口の中で
バラというニックが　数千に開き
醜魁な怪獣の形相《ギョーソー》で
トツゼンの失意に　わたしの運命を呪い
動かすのを　知っている　その予感が
いま、バラ咲いているのだ
だから　いまはバラで　虹の時間だ虹よ思う存分ふりそそげ
しかし恋は恋　バラはバラ　ニックはニック
である

時は　すでに　それらをこえて
走りぬけている

My Tokyo

わたしは釈尊のように
ほとんどこの都市にすわり
いま　10月のぶりょうを懐妊している

New York のロフトで
裸になり歩きまわる親愛なる女友だちよ
ヒステリックに　快活に

おまえは　またマスオの首にからみつき
キスをねだるであろう
おまえのやせたコケティッシュな白い裸を
額ぶちから　ひきはがしてサワリタイ
それは　とても白い　チョークのように白い
荒涼とした固体の海であろう　また

さわるとポロポロと石膏のアカが
おちる滝にちがいない
おまえを洗濯袋にいれて流し場にかついでいくイタリヤ人の太ったズボンがみえる
彼のオゴッテクレル安もののビールの空缶が
一階のバアに転がり　鼠のように
キイキイ　泣いている
それはアメリカだ　アメリカのハングリーだ

わたしの　おしだまった10月
このコンクリートの不機嫌が
My Tokyo を徘徊している
右往左往するニセの人類のワズラワシイ
ニセの涙　オベッカがジュークボックスから
あふれでると　つぎには
イワシの大群になり　悪臭を放ち
芸術的詩的思考に流れていく　いつもの
アカデミックな秋よ

それらの
すべてから　バイバイして
わたし　久しぶり
わたしの内なる運河に入る
また　わたしの内なる都市に潜入する
この都市の入口で　夏も終りの頃
わたしは一人の個人にあった
アモン・ホテップ（古代エジプト王）
彼は無名の青年であり　現代のバスの車掌
肉屋　レーサー　詩人　革命家　その他
すべての雨であり　すべてでないところのもの　また　古代　五千年前の
エジプト
その王　護符なる鷲　そのえさになる生まれたての鰐の臓フ
幼児の柔かな脳
祭礼用の香油と　しなやかな憎悪の衣服　時
それらの部分であり　全体であるところのもの

わたしは　これら混沌の中に　みえ隠れする
彼　アモン・ホテップの一瞬と　手をつなぎ
個人的演奏の季節に　突入した
その頃
地下鉄の走る音がした　わたしの都市の子宮の底を　また　舞台では
ドラムとベースが鳴り　サンドラが踊りだした
黒づくめのサンドラはサロメでない
美しい同性愛の黒人女　中産階級
やさしくて　淫蕩な主婦　ゴーゴーダンサー
夫を青ざめたフカ　去勢されたドン・ファン
にかえてしまった黒い聖マリヤ

わたしが地下鉄にのりはじめたこと
それはヘンリー・ミラーとの最初の出逢いだ
便器　新聞　古い手紙　椅子　ミルク
あらゆる家具や食物の中に　わたしは彼の
飲料水　細胞　そのボロキレのような

生命を　みた
いまも　わたしは　地下鉄常用者だ
わたしは　ほとんど交合と同じくらいの時間
地下鉄を愛している　わたしの地下鉄は
もう鉄でない　柔かな肉のかたち
文明の幻影　思考のゆりかご　いま
都市の中で　地下鉄は
一番奥深い　めい想の胃袋である
その潰瘍の上で　都市に住みつく人類が
何か夢うつつに　しがみついていた　たえず
口から泡をだしながら　それは言葉ではない
怒号ではない　哀訴ではない　微笑でも
求愛でも　満足でも　戦でもなくて
泡　であった

Club〈so what〉で
夜一時　タイコをたたくマックス・ローチ

彼は　どうしてハンサムか
なぜリリカルに彼のタイコはうったえるのか
また技巧の極のさんざん烈しい音の雨よ
そこで人はシビレ　ひかれた
彼の音楽の小宇宙は　人々の無為の産卵を
うちのめした

My Tokyo

この都市は　ほとんど
わたしたちの　子宮である
わたしは　アモン・ホテップと
この入口にたち　キスをした
すると　雨がふりだした　それから
ほとんどの連帯の時間　死ぬか交合した
五千年死ぬことと　五千年生まれること
五千年アクビをすることと　五千年笑いつづけること　それは愛以上のものであろう

すべてのものは　蛙も　卵も　ジャムも　一片の
青空も　原稿用紙も　レコードも　蝿も
〈シーツにダイブしようよ〉
それはわたしたちの都市の合言葉だ
あるものは孤独で　死んだ猫とダイブした
あるものは　あまりに美しい男なので
鏡をブチワッテ　向う側にいる自分のペニスを　力一ぱいにぎって気絶した
また　あるものは虚弱な自分の脳と肉体を
たえずおそれ　マタタビを食べながら
オイオイ泣いて　シーツにかがみこんだ
二匹の若い豹　この男たちは
深い思慕の林の中で　静かに抱きあっている
あの美しい猿の女たちは　互の密室で
朝やけのように　愛撫の虹をかけていた

その頃
わたしの個人的演奏は10月から12月へと

急速に　不機嫌につづいた　その間
わたしは　失語症　急性歓喜症　痴呆性思索などの蜘蛛の巣にあった
そこで多くのわたしは蜘蛛のエジキになり
だらしない声をあげ　とらわれた
わたしの中の　一人は
脱出し　地下鉄にのり　尚も
なにか音楽しようとした
これは愛でないかも知れない　それは単に
季節の挨拶であるかも知れない
しかし
なにかは　音楽された
わたし自身は　すでに新しい曲の上に
塗りこめられ　憎悪の鍔の激しさで
尾をならしているのが聞える
だが　この尾にたたかれているのは　誰か
この音楽に呼びこまれている霊は誰か

あ
ターミナルで幽霊になったジョオをみる
彼はすでにセクスのローラーでひかれ
灰色と影に　なっている
彼は最後の一滴の生の貯蔵からも見離され
無精の沙漠に追われる　赤褐色の砂鉄か
彼はまむしのローラーにからまれながら
しだいに蜘蛛に意志の手足をとられ　すでに
おくれた時の側にサビつき　いま
最後の幕を　おろそうとしているところだ

わたしも　また
わたしの都市を　あきらかに埋葬しようと
熱い意志を灰の中へ　かきまわしている時

いくつもの予感の霧を　きりぬけて
かすかに神の痛みを聞きつけた

それは　トッゼン火の痛みとなった
いま　はじめて
神のすべてが落雷し　ゴー然と
わたしのみぢかに熱くなり　いるのをみる
ほとんど永遠のように　それらはツカノマだ
半ば病み傷つきながら　ヨコタワル　それは
弱々しい旅人の姿をかりて

わたしの都市は
いま　遙かむこう
もはや　他人の顔となり
コンクリートの首を　うなだれて
あてどない眠りを　眠っている

死んだジョン・コルトレーンに捧げる

非常に
天国に行ってしまった
ジョン・コルトレーン

非常に　たくさん　意味の上を
生きることに　激烈であったあなたの
意味を超えた美しさからは
雨がブルーに　ふりはじめ
人たちは
その意味の豊饒の上に　あぐらをかき
乞食のように　音のコメを手づかみで食べながら
さんざんと　みじめに　金色に
なくのであった

コルトレーン

天国の
穴に　入ってしまったコルトレーンよ

あなたがいなくなったので
地上には　また　ひとつの　巨きな
ない音の　穴があいた
ひとびとは
その穴の　まわりに這いより
ない人の　ない音を恋い
ぬぎすてられたシャツ　あるいは
レコードカバーにしがみ
なつかしみ　哀しみ　恋し
うめき　怒り　泣くのであった

クル・セ・ママ
クル・セ・ママ

コルトレーン
あなた自身の　非常に　ぶ厚く　短い
しかも　つかのまの永遠にみちた
遍歴よ

あなたは　ほとんど
思想をふいていた
思想とは　眼であり　風であった
ひたいを伝わって流れる
あの滝の　からい汗
かわらその　なきごえでもあり
鍋ににえる　おふくろの殺った
ニワトリの
性的な　足でもあった
彼女の　陰毛でもあった　アリサ
それとも　アイシャ
すべての女たちの

子宮の空に　うごめく
ピンク色の
星の
顔のない唄でもあった　思想とは

熱い　暗い　夏の午後がやってきた
コルトレーン
あなたの　ロマンに充ちた
力に充ちた
〈オーレ〉
愛のかけ声は　ない
もう　しばらくは　永遠くらいは
かからない
オーレ

この　地球の
にんげんの　熱い闘技場に　闘牛場に

いま　蟬がないていて
熱い　暗い　夏が　独り　すわっている
牛たちはいなく　光栄たちはいない

あるのは　影だ　記憶だ　(記憶の中の
あなた　コルトレーン　あなたの音楽たちだ)

にんげんは　なんと　熱い眼をして
あなたの　音の色彩をみるのであるか
にんげんは　なんと　畏怖の耳をもって
あなたの　音の試練を
きくのであるか

四十一年
非常に　いそがしかったあなたの歴史の中で
太陽は　のぼり　沈んだ　いくどか
オレンジの　アフリカの　アメリカの

にんげんの　味のする太陽が
何百回か　何千回か　のぼり　沈んだ
黒い　ソールの居間で　浴あみする
だまっているあなたの背中に
さんぜんと　光る　太陽の奴
奴は　ときどき　泣いた
まばゆい　音楽の汗になり
サックスホーンの中に　もぐり
思うぞんぶん
あなたにふかれ　大声で泣いた

絢爛とした憂鬱《ブルー》
オレンジ色の太陽さえ　めちゃくちゃに
泣きだしてしまう　この黒い絶望の両頬に
むかって
コルトレーンは　ほとんど
空になり

意志の　滝の雨になり　音たちをつれ
ふっていった
ふりそそいでいった

わたしたちは　雨季を知っている
彼の
ジョンの　いきのながい
ソロで　えんえんと　つづける雨季を

わたしたちは　しばしば　音の雨にうたれ　しびれ
ハートの隅の部屋まで　ビショ濡れになり
戸がやぶれ　マストが折れ　椅子らが流れだすと
あの　意識を回復するのだ

それは意志だ design だ
にんげんの
あまりに　ちいさい　存在を知らせる

コスモスだ
非常に
彼は　独りで　コスモスを　サックスをもって
大またに　歩いていった
わたしたちには　彼の大またの足どりが
地球の　青い　はかない背中がみえるのに
ほとんど
彼の表情は　みえなかった
彼は
ミステリアスに
はにかみ　恥じ
雲の中に　ときおり
顔を　もぐらせた

ジョン　まよえるコルトレーン
あなたが　この地上にいなくなった　いまも
わたしは　わたしたちは

あの時の
あなたを　おもいだすのだ
トツゼン
不透明な　雲の中に
顔をうずめ
しばらく　こたえのない季節を
放浪していた　あなたを

苦悩の川を　ゆっくりと流れていくとき
あなたは　愉悦の魚に逢う
愛に逢う
女に　息子に　友に　神に　音楽に　その聖霊に
そして　あなた自身が　聖霊になる
音楽　それ自身になる

これからも　地球は
非常に

長い　熱い　暗い　夏がつづく
あなたが　いなくなっても
かりそめの　あなたの生命がなくなっても

地上は
どんなに冷えた闘争の中でも
熱い情念が
意志がくすぶり
にんげんたちが　ある日を
あるいているのだ

ジョン・コルトレーン
あなたの　ある日　かつてあったある日
生きていたある日

Some day めぐりあった　ある日
また　次の瞬間には　消えてしまったある日

コルトレーン
あなたを愛するように
あなたの　生きた　ある日を愛そう
あなたの　生きつづけた　四十一年のある日の季節を愛そう
あなたの音楽　あなたの声　あなたの栄光と怒り　あなたの愛　あなたの
信念
あなたの神　あなたの聖霊　あなたの西
あなたの東を　コスモス　その絶望と哀しみ
それら　すべてを愛し　あたため　想おう
あなたの霊の安からんことを
わたしたちの　敬慕する
ジョン・コルトレーン
巨大なる　サックス奏者
セント・コルトレーンの
天国の
力強い　黒いソールにむかって

白石かずこ詩集成　Ｉ＊著者白石かずこ＊発行二〇一七年一一
月一〇日初版第一刷＊装幀菊地信義装画白石由子＊発行者鈴木
一民発行所書肆山田東京都豊島区南池袋二―八―五―三〇一電
話〇三―三九八八―七四六七＊印刷精密印刷ターゲット石塚印
刷製本日進堂製本＊ＩＳＢＮ九七八-四-八七九九五-九六一-四